人生的詩篇

語汶　雨莎
葉櫻　　櫻
安塔Anta

天空數位圖書出版

目錄　　語 雨

目錄　　　汶莎

目 錄　　　葉 櫻

目錄　　　安塔Anta

那新兵訓練的日子

文：語雨

語雨

　　大學畢業後，在某電子工廠的垃圾處理場工作一段日子後，便接到了兵單，於是瘦弱的我就直接去當大頭兵了。

　　進入新兵訓練營，首先就是發裝備，裝備都是一代接著一代傳承，雖然衣服送洗過，不過鋼盔臭得要命，因為年代久遠，攜繩又油又膩，已經變得像是汗水和泥水打造的結晶，十分可怕。

　　而在同地域的訓練營內，大家都是打著進入社會前先盡兵役的義務，造成相同年紀和地域大部分都進入同一個新兵訓練營，這些人有很大一部分都是國小或國中的同學，包括住在同一條巷子的青梅竹馬也在，其中一位班長也是國中同學，是我家附近開雞排店的老闆兒子，他自願當上士官，雖然一樣是義務役，不過薪水比我們高。

　　白天我們一起操練，晚上就一起聽訓，沒有手機和電視，閒暇時就只能聊天，也跟在學生時代處不來的人一起聊了過去和未來，真奇怪，那時是那麼的討厭，成為同袍後卻不是很在乎了。

　　班長和連長都是很有趣的人，雖然在操課中不得不嚴格，一旦開始閒聊時，就會發現除了嘴巴臭一點，

臉長得凶惡一點，態度囂張一點，其他跟平常人也沒什麼兩樣，有時也有耍寶的一面，但他們要在新兵面前維持權威形象，所以不能太過展現。

之後，訓練到最後階段了，我們拼命練習刺槍術和打靶，比起招式，刺槍術更重視一致性，不知為何我的動作老是慢人家半拍，雖然連長和輔導長都誇獎我刺得很認真……

不過在現代戰爭領域，刺槍術到底有什麼作用？問出這句話的人腦袋瓜被連長槌了一拳，因為這是不可以問的事。

打靶則是軍人必備技能，如果士兵連槍都不會使用，那麼也枉稱軍人了。

手握著殺人兵器將子彈射出，心情卻比想像中還要平靜，畢竟打得只是單純靶子而不是真人，我也希望永遠都不會有這種機會。

最後一日，新兵輪流做了體能測驗，接著在長官面前表演了刺槍術，最後項目就是實彈實射的打靶，只聽靶場數十聲槍響後，哨子聲就響起了，我心想著已經結束了，站起身子，卻沒太多感慨。

　　結束後，班長和十多位老同學相約去唱歌，互相
潑著啤酒，盡情地鬧了一番，大概我們都知道，這裡
大部分的人都不會再見面了……

　　之後，等待抽籤分發，我一抽就是外島服役，這
又是另外一個故事了。

負責晚餐後的故事

文：語雨

接到了兵單，從新兵訓練營出來，在台南某兵營待了兩個月，在連長鼓吹之下，想加入自願役，於是兵種選了個卡車駕駛兵，這兵種並不只是駕駛卡車，還要學一大堆東西，起碼要有基礎體能和知識才能成為駕駛兵，在簽署自願賣身契後，就轉到某嘉義兵營，去學習專門知識和繼續鍛鍊體力。

營地也不只有學駕駛的自願役士兵，還有汽車修理兵、履帶修護兵等其他自願役相關的兵種，成為自願役的同時，也是來這裡得一技之長，令我驚訝的是，想成為自願役士官，男女竟然各占一半，女兵比想像中還要多。

白天學習技能，晚上就聽班長和排長打屁唬爛，比新兵訓練時還要輕鬆，因為經過鍛鍊，早晚課在操場跑上一千五百公尺也算是很輕鬆，不管是仰臥起坐還是吊單槓都難不倒我，不過唯一的障礙就是早起吧，畢竟在上大學時都是撐到最後一刻才起床，騎著機車直接趕去上課。

某天做完了早課後，班長集合新兵開始打屁聊天，因為早起而搖搖欲墜的我開始打盹，就在半睡半醒之間，被旁邊的人推了一下，一睜眼發現全班目光全集

中在自己身上，班長一臉奸笑，說道：「既然我講的話無趣到讓你打瞌睡，那你講一些有趣的話好了。」說完，我就被身後新兵推到面前去。

給我記住，你們這群傢伙！

要講什麼好？

說來不可思議，我一點怯場的感覺都沒有，大概是寫小說的習慣，滿腦子都是想著接下來要掰出怎麼樣的故事。

思考一下，那麼就來講一下新兵訓練時，流傳在那個營區的鬼故事好了。

「晃啊，晃啊，那新兵的舌頭吐得老長，就吊在連宿舍面前的樹上晃動，那充滿不甘的怨恨眼眸瞪著坐在地上那群新兵們。」

時節正值寒冬，當我講完時，操場方向很配合送來一陣冷風，班長和同袍只是安靜地看著我，現場一時寂靜無聲。

搞砸了？

不由得這麼心想時，班長用力拍我肩膀，大聲說：「嘿，你這傢伙還滿能說的嘛！」

雖然沒看見我出醜，不過班長態度轉好，回到位子後，同袍你一言我一語誇讚著，這群傢伙，我可沒有忘記你們剛剛把我推出來的仇。

隨後這一個月，我總是在晚餐後，被人推出來講一段故事，也算是娛樂一下大眾，至於最後自願役還是沒有錄取這件事，等到下次再來講吧。

考不上自願役的那年

文：語雨

　　服兵役時，在排長和連長推波助瀾下，我決定要成為志願役，兵種選擇了卡車駕駛兵，到嘉義某營地去學著駕駛卡車。

　　進營區，先站在操場上聽營長講大堆廢話，再去連集合場聽連長講廢話，完了又去聽班長訓話，第一天不會碰車，就這樣筋疲力盡地回宿舍了。

　　進宿舍第一件事是選擇床位，在個人櫃裡擺放毛巾和牙刷，跟鄰床打一下招呼，隔壁床是長得黑黑壯壯的高大傢伙，聊了幾句後，知道對方想要進入車輛維修科的兵種，他在服兵役前已經考上乙等了，只要跑一千五和幾項體能測驗不是低到太離譜的成績，就可以說篤定合格，我除了羨慕以外，也只能笑著恭喜他。

　　第二天碰卡車，除了我以外，知道還有兩個人跟我一起考，不禁鬆了一口氣，起碼不用一個人孤單地學開卡車，雖然剛開始連卡車都上不去就是了。

　　好不容易上了卡車，還必須面對踏板和方向盤比普通車輛更加沉重的問題，每次都會因為太過用力而多轉半圈，剛開始的確很不耐煩，不過在看見同袍因為多轉一圈和不小心誤踩油門，導致十六噸卡車整輛

翻覆時，我決定更加小心翼翼地握緊方向盤，並且在轉彎時，將腳丫子遠遠離開油門。

大約練習了半個月，就在我比較熟練時，忽然遇上連假了，營地的新兵學生大多都打算回家，隔壁床的乙級術士和我也是如此。

放假就是在家裡面滾來滾去，在網路上整理資源，進行一些宅宅活動，假日稍縱即逝，一下子就過完了，正在感嘆之間，欸⋯⋯怎麼覺得身體怪怪的？

那時正值寒冬，坐火車回到嘉義的途中，我已經不舒服到想要去藥局買感冒糖漿或普拿疼之類，好不容易撐到營區，一量體溫，已經是高燒三十八度半，而兩天後就是自願役體能測驗了⋯⋯

打電話跟連長報備，也跟營區通報，就窩在宿舍睡覺趕緊恢復體力，一躺下，發現隔壁也有個病人，就是那個乙級術士，他躺在床上哼哼唧唧，似乎也是重感冒，我們哥倆就在測驗前友好並肩躺在一起。

遺憾的是，睡了兩天後還是沒辦法痊癒，在體能測驗時我跑到一半就倒下了，而那個乙級術士居然能撐完測驗，不過還是沒合格，雖然乙級術士想要重新

測驗，不過我倒是不想再次挑戰，就這麼成為義務役，直到役畢為止。

人生沒到最後都不知道會發生什麼事情……

關於服役地點，我一抽就抽中金馬獎這件事，留到下次再說。

關於第一抽
就抽中大獎這回事

文：語雨

語雨

　　原本想要成為自願役士官，陰錯陽差卻得到了重感冒，而且在體能測驗時倒下。

　　在思考下放棄自願役士官之路，後來在台南營區待了半個月，決定要去服役的地方前，還要去新竹一趟……

　　為什麼只是抽個籤還要去新竹？想到又要坐幾個小時的車就覺得憂鬱，不過當軍人就得服從命令，這就是軍隊。

　　接到軍令，來到新竹，給門口守衛看了狀紙，直接進入新營軍區，軍區非常小，只有三棟建築物，三棟建築物中間是操場，看起來像是學校。

　　營區在內只有十來位軍官，來到這裡一整天，沒有訓話和鍛鍊，營長和連長看起來都散散的，這裡也沒有伙房，中午和晚上都是訂便當吃，看來營區作為行政單位的意義大過於軍事單位。

　　等到所有新兵到齊才能進行抽籤，在此之前，我們這些大頭兵只能在營區內晃來晃去，似乎也料定我們會很無聊，中山室有大量的書籍，也有影片可以看，甚至可以玩 PS2，除了不能出去以外，在這裡非常自

由和愜意。

廝混了三日，終於將"拳皇 2002 的克拉克"練到可以屌虐所有人後，要抽籤的新兵總算是到齊了，放下搖桿在連集合場集合，聽營長和連長講廢話，接著就放人去吃飯了。

欸？抽籤呢？

晚餐後再說，怕有人因為抽中壞籤吃不下飯。

可是這樣吊人胃口，不是更叫人食不下咽嗎？

帶著無法接受的心情，吃了一頓特別豪華的便當，據說是營長特別掏腰包請客的，感覺就像死刑犯吃最後一餐。

等吃完晚餐，天色也變暗了，所有新兵集中在中山室，面前就是抽籤箱，營長說現在要調查每個人的志願，有沒有人志願去外島，外島有加給喔，只要志願去外島就不必抽籤了。

現在外島冷得要死，放假只能在外島晃，三個月才能回家一趟，而且聽說外島長官各個都是機掰人，誰會自願去外島？

營長說了兩次沒人答覆，嘆了一口氣，讓大家開始抽籤，海外籤只有三個，現場新兵二十七人，越早抽機率越小，經過硝煙味十足的猜拳，由我第一個抽籤。

出運啦！興奮的跑上前，伸手就是一抽。

紙上寫著「金門砲兵」……

怎麼第一抽就抽中了！

旁邊傳來一陣歡呼，大受打擊之下的我不由得跪倒在地上。

後來再飛到了金門，有關當金門砲兵時卻整天都在割草的事，等有機會再說吧。

所謂將軍式的激勵人心

文：語雨

　　考不上自願役的我，只好認命去當義務役，比同梯晚了三個月去抽籤決定服役地點。

　　需要抽籤的新兵有二十七人，海外籤王只有三張，我又是第一個去抽籤，在九分之一的機率下，第一個抽籤就抽中籤王了！

　　這是怎麼一回事？樂透也沒有這麼準！

　　抽中的一瞬間，背後傳來的歡呼聲給我帶來心靈創傷，不過抽中就是抽中了，下個禮拜就要到金門當八個月的大頭兵。

　　當日，一個人帶著行李，從台南營區搭著軍用卡車出發，沒過多久，便聞到海風的味道，聽到汽笛聲，接著就被趕下車了，數十輛卡車陸續到了港口，渾身菜味的新兵從車上跳下來，一同走向集合地點。

　　運送新兵到金門的船是一艘郵輪，大得出乎意料，走進船艙，進入大廳，大廳已經有一大堆新兵等著了。

　　過不了多久，一位穿著軍裝的軍人領著一群人走進大廳內，真是壯觀，一排人肩膀全是梅花，而那領頭的軍人肩膀上是一顆星星。

是少將，是一位將軍！

除了在電視上，我從沒有親眼見到一位將軍，小小二等兵根本不會有見到將軍的機會，我們沒聽過有將軍會來，一時之間，所有新兵都安靜了下來。

這位將軍年紀約是五、六十歲左右，軍裝筆挺，看起來十分威風，用銳利的視線往新兵一掃，接著就張口說話了：

「很高興見到各位，不管是自願役或義務役，你們今天起已經是軍人了，你們是值得尊敬的，值得被重視的，今天為了這趟航行，國家還特地在天上排上了巡邏機來保護你們，可見國家是多麼的重視你們，你們要自覺，從今天開始自己是偉大的國軍一員，是保衛國家的戰士……」

將軍一番話把大家捧得飄飄然的。

在這裡新兵也只有兩百多人，除了船員和少數軍官以外也沒有其他的乘客，也不可能有，因為這趟航班是軍事任務，老百姓不可能上來，而這艘郵輪至少可以容納兩千人以上，也就是說，這艘郵輪只是為了載我們這些 「菜逼八」出航的。

我們是不是真的很重要呢？

在八個小時後，我們抬頭挺胸，為了保衛國家，挺步走下船。

後來，在營軍學會操縱除草機，刮了一個月的草，打掃連宿舍，變成清潔專家後，才發現所謂的現實。

不愧是將軍，激勵人心是一流的。

當兵成為職業清潔工這件事

文：語雨

　　抽中了金門籤，搭了八個小時的船，從今天開始，我就是金門砲兵。

　　金門有八成是砲兵，一旦爆發戰爭，這裡就是戰場最前線，近代戰爭通常是尋找對方營地或軍隊，發現了就進行砲擊，短兵交接很少發生，所以這麼佈署是可以理解的。

　　下了船，搭軍用卡車到我分派的軍連，一到才發現，連上只有一棟宿舍，沒有連集合場，沒有操場，就只有一棟建築物，我不禁呆愣在原地。

　　本土是所有的連都在同一營裡面，有營長、連長和一大堆不知頭銜的什麼大隊長，總之一堆梅花和槓條都在軍營悠晃，小小二等兵連眼睛都不能斜看，只能正面敬禮。

　　到金門後才得知，金門軍營的單位通常分散得很開，這山頭一個連，另一個山頭一個連，連與連之間隔隔十幾公里。

　　「歡迎加入這個砲兵連，從今天開始，我們就是同吃一鍋飯的兄弟。」

　　我們分配所在的砲兵連，地位最高的連長衣領上

也不過兩條槓，連我在內，新加入的菜兵也不過三人，這除了連長以外，士官長一名、上等兵兩名，剩下全是義務役的菜兵，整個連加起來不足二十個人……

等到連長演說完畢後，士官長便帶著我們去宿舍選床，新兵宿舍在二樓大通鋪，一樓則是連長辦公室，以及士官長和班長的個人房。

什麼？連長和士官長有個人房就算了，連班長也有個人房？

就在還來不及為這個事實震驚時，我手上就被塞進了擁有長長桿子的機器，排長用一臉得意的表情說道：

「新來的要負責割草，把連宿舍周圍的草全部割掉。」

「什麼？我從來沒有做過這種事，而且割草不是都請人來做的嗎？」

「沒做過，沒關係，我以前也不會吃飯，後來也沒人教就學會了，至於要請人的話，連上沒錢，如果你要自費的話就另當別論。」

　　排長講話很機車，不過二等兵對長官是沒有發言權的，無可奈何的我只好背起除草機去無雙割草了。

　　正如排長所說，操縱割草機並不難，難的是要頂著日頭割草，冬天更難受，而且營地內時常有碎墓碑和大石塊藏在草叢間，不但會對割草造成困難，割起來也毛毛的，莫非這裡以前是亂葬崗？

　　後來，我在營地陸續學會了清潔窗戶和地板，以及收拾倉庫等要訣，成為了一名稱職的清潔工。

　　咦？砲兵本業呢？

　　後來要下基地時，開始跳砲操，才稍微接觸到本業這件事，我們下次再說說吧。

那一年搭軍機回家

文：語雨

　　當初一記神抽籤，本人就來到金門當個砲兵。

　　新年過後，軍連附近的樹開始長出新芽時，我終於可以放一次兩個禮拜的長假，可以搭機回到本土了。

　　當日書記學長偷偷摸摸搭著我的肩膀說，有批牛肉好便宜……不不，有機票是免費的，還把軍用乘票卷給我。

　　跟這位學長相處三、四個月，交情也只是普普通通，我不懂為何他會這麼好心，不過既然有免費機票，當然是不拿白不拿，可以省一筆機票錢了……

　　此時的我並不知道，那卻是我那一年最後悔的決定。

　　所謂機票就是搭軍用運輸機，從金門回到本土，因為機艙有空位，可以免費承載軍人回去，於是我就坐軍用卡車去機場，拿著軍用票來到班機面前，一看之下，真令人啞口無言。

　　這架飛機到底是什麼年代的老古董？

　　外表看起來就是普通的軍用運輸機，可是進入機艙後雜物東堆一些西堆一些，發出像是很多天沒洗的

牛奶抹布味道，另外座椅跟地板太破爛了，我踩上去時，竟然一腳陷下去，那裡有個破洞，只是用布隨便蓋起來而已。

正覺得後悔時，飛機在跑道上移動，這裡當然不會有空服人員提醒，不過眼見同乘的士官兵們紛紛繫上安全帶，我趕緊坐在位子。

引擎聲開始轟然作響，座墊底下的彈簧幾乎沒有發揮作用，屁股震得發麻，因為震得太厲害了，跟我同坐的軍官們感覺就像跳波浪舞，一上一下的跳動。

飛機要散了，飛機散掉了！

就在恐懼的當下，機艙外發出了爆音，大到我以為引擎已經爆炸了，緊接著身子一震，感受到明顯的失重，振動也隨之停止了，看來軍機離開跑道，平安飛向天空。

我稍微鬆了一口氣，轉頭看向飛機內的士官同袍，神色明顯分成兩邊，一邊跟我一樣有如雛鳥般發抖，眼神散發著驚慌失措，另一種明顯是老鳥，面孔如死灰般放棄一切，達到如同禪悟般鎮定的境界。

後來我才知道，軍機回本土順便帶士兵回家，因

　　為搭乘的人員太少數字不好看，所以發布命令下去，要各個軍連推出人選來，犧牲者就是我們這些小兵。

　　後來，軍機著陸時，機艙更震更抖更可怕，等到平安著陸，大家忍不住發出了歡呼聲。

　　下了軍機的我暗暗下了一個決定，回軍連後要把竹筷子插在學長的鼻孔中。

歷史就是一場循環

文：語雨

　　在金門過著當砲兵日復一日的日子，不知不覺新年快到了，在年前我們作了大掃除，全軍舍都打掃得乾乾淨淨，還打開好幾年沒碰過的舊倉庫，那裡已經變成腐海，還有媲美海嘯的蟑螂浪潮，在打掃過後，士官長一邊哭一邊洗外套……

　　之後，新年到了，要放年假，不過金門砲兵所謂的休假就是白天八點出去在市區繞繞，晚上六點前回到宿舍點名，根本沒有休息的感覺，新年放假六天我不想上市區，就在宿舍睡覺，還被叫出去盤點兵備，後來放假就乖乖找旅館睡了。

　　撐過新年的假期，我好不容易才可以回到本土放個假，以為可以過爽爽，卻搭上了以為會死亡的班機，嚇得我靈魂出竅，平安回來後，連長宣佈要下基地了。

　　什麼是下基地？

　　就是軍隊的期末考，由陸軍測考中心打分，每半年或一年舉行一次，驗證軍人專業，除了最基本的體力測驗外，砲兵專業當然就是砲擊，我們連上那根砲管就是俗稱的 240 榴彈砲，是美國在五十年代轉贈，打過八二三砲戰，服役超過六十個年頭的老爺爺砲。

　　下基地前，我們先實際操縱榴彈砲，要操縱榴彈砲就必須學會跳砲操，砲操就是操縱榴彈砲的具體步驟，連長叫我們來中山室，從角落拖了一台電視，將光碟塞入錄影機，還是厚到不行的映像管電視播放出影像，我忽然感覺這一幕有種熟到不能再熟的既視感。

　　電視畫面出現六名士兵，緊接著開始報數，發射手、裝填手、瞄準手一個接著一個喊出，接著六名士兵小跑步分散定位，一面喊一面做出誇張的動作，瞄準手好像真有敵軍左右張望，兩個士兵跳一段類似哥薩克舞的舞蹈，一面搬著砲彈，等到把砲彈塞進砲管內，轟的一聲，砲擊就此結束了。

　　看完後，每個人都目瞪口呆，連長告訴我們，在下基地前的半個月，每天照着三餐練，練到整齊為止。

　　我想起國小時，校長和老師為了歡迎來賓，逼著低年級生跳一段堪稱智障動作的舞步，小時候跳就算了，長大還跳這些，真是叫人尷尬到雞皮疙瘩都起來了。

　　「要認真地跳！誰不認真害我扣考績，你們就知道什麼叫做日子難過。」

　　連長台詞也跟小學導師一樣，人生到處都是循環，上次是師令，這次是軍令，不管怎麼都必須服從就對了。

所謂的砲擊就是看天意

文：語雨

語雨

　　來金門當砲兵，訓練起砲兵本職專業，和同袍跳砲兵操，雖然跳起來的模樣很智障，經過一個月的訓練，也跳得有模有樣了，總算迎來實彈訓練。

　　我們軍連的砲管是 240 榴彈砲，過年時我們從裡到外擦得金光閃閃，外表上了迷彩漆，從外表看不出是服役超過六十年，歲數超過我阿公的老爺爺砲。

　　在實彈訓練當天晴朗無雲，我們將連營內宿舍的窗戶全拆下來，放在棉被上，聽自願役學長講，如果不這樣做，一炮打上去，窗戶會破掉一半。

　　因為要進行實彈射擊，本部營也有幾位長官來監督，雖然沒星星，不過梅花加起來有四顆，少校和中校共三人就站在後面，對心臟也不怎麼好。

　　而平時總是一副天大地大我最大的士官長也立正站好，還擺出嚴肅的表情，害我忍笑忍得很辛苦，這人確定不是士官長找雙胞胎兄弟冒充的嗎？

　　連長和長官聊了幾句，我們十位砲兵就定位了，依序喊出負責職位，用誇張的動作開始跳砲操，一舉一動都非常搞笑，不過，現場氣氛非常嚴肅，因為進行的是實彈操演，榴彈砲一顆可是約一百五十公斤，

如果不小心滾下來，壓斷腿都是小事，爆炸的話整個軍連炸得一點都不剩。

運彈手將推車上的砲彈送過來，裝填手兩個握着推進竿一個口氣將百斤砲彈送到砲管內，砲管開始轉動方位，士官長在旁邊指揮，現場六位菜鳥站定位子，忍不住吞口水，人生第一次實砲射擊，大家十分緊張。

「發射！」

隨着士官長一聲令下，發射手用力拉動了發火索，轟地巨大聲響，空氣起了震盪，震得皮膚刺痛，熱炎空氣灼燒鼻腔，有個菜兵差點站不住腳，連忙立正，全身崩得緊緊的。

真正的砲擊竟是如此震撼，震得全身發麻。

士官長大聲喝道：「下一發，預備！」現場士兵無不繃緊神經，準備下一發榴彈砲的發射。

那一天總共射擊三發，結束後還要清理砲管，盤點裝備等作業，等全結束後，已經天黑了，我們踏着還在發麻的腿走回連宿舍。

肩戴梅花的長官已經回去了，見連長走在前面，

我忍不住上前問：「連長，我們今天怎麼樣，打得準嗎？」

因為榴彈砲彈射程在兩公里外，現場是看不見的，連長一笑：「那可是五零年代的榴彈砲，準不準全看天意。」

我們這麼辛苦，居然要看天意？

聽說八二三砲戰，國軍和共軍可是一共打了五十萬發，能造成打擊也不知道有沒有百發，身為砲兵實在太空虛了。

退伍那天可能會被異世界轉生？

文：語雨

不論願不願意，下基地的時刻就要到了，第一件事就是夜行軍，在半夜從一個山頭行軍到另一個山頭，不但要應付夜行性的青竹絲、野豬，偶爾還會面對台灣黑熊，加上山路崎嶇陡峭，一不小心就會迷路，每年失蹤一兩個阿兵哥都是常事。

學長吧啦吧啦地說得口沫橫飛，不過真相我們早就從輔導長那邊聽說了，只要徒步到十幾公里外某個連營，熬夜呆上一晚就行了，當下我們架起那位學長，用大量竹筷塞進他的嘴巴和鼻孔裡面，綁起來丟到地下室，接著就準備行軍到某連營，連行李都不用帶。

扛着槍一面吼喝着雄壯、威武之類的口號，又唱了幾首軍歌，十幾公里很快就走完了，跳了砲操後，基本就沒事可以做了，閒到受不了，於是進中山室把電視機聲音開到最大，結果挨了連長一記手刀，只好乖乖看靜音電視，看了一會兒，覺得太無聊了，走出來坐在走廊上聽着蛙鳴聲和蟋蟀的叫聲，就這樣度過基地的第一夜。

下基地的日子就是每天行軍到其他營地，開始跳砲操，有長官看時還要增加體能訓練，再跳一次實彈演練，偶爾還要打靶子，每天總是重複流程，然後，

在一個陽光很烈的天氣，下基地的日子就結束了。

結束後，退役日期正在咫尺，也有新學弟進來，雜事就推給他們做，我就立志要做一個即將退役的老油條學長，每天都跟士官長一樣過得爽爽地就好了，就當這樣想時，連長就把我踢去觀測所了。

所謂的觀測所就是雷達站，來監視共軍的艦艇會不會越界，不過事實上雷達顯示器連漁船都很少，除此之外，觀測所也小得很，就只有雷達站和宿舍，順便一提，宿舍只能睡八個人，包括我在內，整個觀測所只有一名少尉和四名上兵而已，看雷達只要一人就好了，這裡根本是退役士兵前的養老院，觀測所同袍也都是差不多的理由被踢過來這裡，就這樣我在觀測所度過一段悠閒時光，直到退伍為止。

退伍那一天，回到連上領了退役證明，士官長很壞心眼地說：「不要太興奮，退伍後高高興興地出連，在門口被卡車撞死也有聽過。」

感覺像是強制被異世界轉生了……

不過在我平安回到家時，面對的卻是雷曼兄弟出包造成全世界範圍的金融風暴，台灣迎來大遣散時代，

根本就找不到工作……

這些鳥事有機會再詳細道來。

生命的樂章

文：汶莎

■ ■ □ 汶莎

人生的詩篇

強而有力的心跳聲，
是生命的序曲，
亦是喜悅的泉源，
更是未來的希望。

與潺潺的流水聲，
交織成動人的曲子。
在你呱呱墜地的那刻，
譜成人生的第一樂章。

我們將期望放在你的第一音階，
希望你能健康長大，
希望你能快快樂樂，
希望你能慢慢成長。

溫暖且悠揚的綿綿曲子，
是你成長的養分，
隨著時間慢慢拉拔著，
你開始勇於追求你所想要的。

於是，
你將你的慾望放在你的第二音階，
想要張嘴吃食，
想要緩步爬行，
想要只身站立。

緊密且快速的激昂曲子，
是你意識的澎湃，
隨著情境漸漸茁壯著，
你開始產生了徬徨不安的恐懼。

於是，
你將你的安全感放在你的第三音階，
不想要感受到威脅，
不想要感受到危險，
不想要感受到痛苦。

顫抖且發怵的瑟瑟曲子，
是你恐懼的延伸，
隨著害怕緩緩侵蝕著，

你開始想要尋求可靠的避風港。

於是，
你將你的社交放在你的第四音階，
建立堅定的友誼，
建立美好的愛情，
建立團結的組織。

輕鬆且愉快的輕盈曲子，
是你快樂的泉源，
隨著舒適逐步拓展著，
你開始想要追求受人讚美的成就感。

於是，
你將你的自我價值放在你的第五音階，
追求更高的地位，
追求良好的名聲，
追求他人的認同。

雄偉且壯大的磅礴曲子，
是你自信的氣息，
隨著尊重層層堆疊著，
你開始想要實現自我發揮自身潛能。

於是，
你將你的滿足感放在你的第六音階，
充實自我技能，
充實自我知識，
充實自我生活。

飽滿且豐富的軒昂曲子，
是你內涵的深淺，
隨著價值冉冉爬升著，
你開始想要為社會付出更多的貢獻。

每一次的付出，
也讓自己成為了比昨天更好的人。

生命的樂曲總是隨著人生而譜寫著不同的音階，
『花無百日紅，人無千日好。』
人生不可能永遠順遂。
總是
在喀碰中汲取經驗，
在挫折中汲取教訓，
在成就中習得感恩，
在恐懼中習得勇敢，
在收獲時懂得感謝，
在奉獻時懂得無私。

每個歷程都有它存在的意義，
就如同
每個音不時的為生命增添各種譜號。

有時是高音，
讓你人生充滿幸福；
有時是中高音，
讓你的人生充滿喜樂；
有時是中低音，
讓你的人生充滿憤怒；

有時是低意，
讓你的人生充滿憂愁。

直到生命戛然而止的那刻，
便是樂章完成的時候，
你會為它填上什麼曲目？

人生的詩篇

賭局人生

文：汶莎

汶莎

人生的詩篇

人的一生，
時常面對的便是抉擇。

該不該……
是不是……
要不要……

猶如站在十字路口的中間，
思忖著哪條道路，
是通往對自己有利的捷徑。

猶如坐在命運輪盤前，
押注著各色籌碼，
期望著自己的選擇是正確的。

但誰又能知道自己的未來？
但誰又能掌控事情的走向？

若非天時地利人和，
又怎能做出百分之百的完美抉擇。

人非完人，必有所誤。
只要是人就會有做出錯誤決定的時候，
輸的並不是整盤局，
而是一次的成長。

人生的賭局可以不斷地重來，
只要還活著，
就可以重新賺取籌碼，
重新下注。

從上一次的錯誤中，
汲取教訓。
從上一次的錯誤中，
汲取經驗。

消化、醞釀、熟成

蛻變成全新的自己，
重新開始。

常有人滿盤皆輸，
而自暴自棄，
彷彿全世界都與他作對，
彷彿自己不受神的眷顧，
彷彿遭受到命運的遺棄。

尋短、喪志、膽怯，
綣縮在失敗的陰影下，
裹足不前。

也有人滿盤皆贏，
而自得意滿，
彷彿這世界全因他而運轉，
彷彿自己是神主宰著世界，
彷彿這一切像是理所當然。

得意、自大、自私，
倚靠在成功的庇護下，
裹足不前。

唯有在賭局裡咬牙掙扎的人，
才是真正地享受人生。

每一次的深思熟慮，
每一次的下好離手，
都是承攬重擔的開始。

每一次的失敗懊悔，
每一次的成功得意，
都在開啟下一場賭局。

場場必勝的人生，並非是幸福。
場場必敗的人生，並非是絕望。
有勝有敗的人生，才是人生常態。

即便抉擇是痛苦的，
即便決定是煎熬的，
即便實行是艱辛的。

到了開盤時刻，
無論結果是好是壞，
漫長的過程都會帶來無比的收獲，
創造新契機的同時也帶來新轉機。

人生的賭局可以不斷的重來，
只要還活著，
就可以重新賺取籌碼，
重新下注。

只要你觀察入微，
只要你膽大心細，
只要你不言放棄。

人生的賭局便為會你開啟康莊大道，

引導你取得勝利的果實。

漫漫人生，
不會只有單一賭局，
在人際互動中，
在職場生涯中，
在政治社會中。
每遭遇一個情境便會產生新的賭局，
考驗著你的判斷。

憑藉著過往經驗，
憑藉著知識所學，
憑藉著耆老智慧。
亦或是…
憑藉著時來運轉，
憑藉著信仰寄託，
憑著著卜卦算命。

促使著你下好離手，
為自己的人生負責。

人生的詩篇

家的價值

文：汶莎

『我的家庭真可愛，整潔美滿又安康，
姊妹兄弟很和氣，父母都慈祥。』

耳熟能詳的兒歌，凸顯著家庭的美好。
但對我來說，
美好的家庭背後，
隱藏著各種偏見與歧視。

陳腐的眼光，
評判著現代的價值，
壓得我喘不過氣。

身為長子的我，
一出生便肩負起各種責任；
好好照顧弟妹，
做弟妹的榜樣，
必須禮讓弟妹，
符合家人期待。

沉重的壓力都只能微笑接受，
只因自己是家中的老大。

不論是天塌下來，
亦或是地震來襲，
我都必須一肩扛起，
保護弟妹，
保護整個家。

而二妹則是家中的聰明擔當，
凡事要動腦的事就交給他，
即便是一些雞毛蒜皮的小事。

父母的 3C 知識，
弟弟的功課輔導，
家中的疑難雜症。

只要不懂的全都問二妹就能獲得解答，
唯獨自己未來的出路，

被迫由母親決定。

因為二妹聰明，
所以要考醫學院，
未來要當醫生。

但妹妹不想當醫生。

因為二妹聰明，
所以一定要選擇當醫生才會有前途，
生活比較有保障。

但妹妹只想要當藝術家。

二妹的自我意識，
在母親的盛氣凌人下，
默默隱藏在心中的一角。

弟弟是最受寵的小兒子，
只要有好康的，
總是不會錯過。

有好吃的，
父母總是會優先雙手奉上。
有好玩的，
手足總是會優先禮讓給他。
有麻煩事，
我們總是會優先替他解決。

因為弟弟是家中最小的，
所以父母都會覺得他只是個孩子，
不懂事是應該的；
不論年紀多大。

弟弟總是過著隨心所欲的生活，
讓我和二妹內心相當不平，
弟弟說什麼都會被父母接受，
弟弟要什麼都會被父母滿足，

弟弟做錯事也是由父母解決。

弟弟的個性，
在父母的寵溺下，
也愈發囂張拔扈。

老舊的價值觀，
父母的偏見，
陳腐的倫理道德。

培養出金玉其外，敗絮其中的家庭。

在我和二妹的隱忍下，
維持著表面的美滿。
在我和二妹的謙讓下，
維持著表面的和平。
在我和二妹的努力下，
維持著家庭的平衡。

隨著一場車禍，
美滿的家庭頓時充滿了裂痕，
嫌隙也漸漸浮現。

弟弟的酒駕肇逃，
母親要我出面頂罪，
父親要二妹出謀劃策。

我和二妹心都涼了，
原來……在父母的心中，
因為可利用，
而顯得有價值。

亦可說，
一文不值。

因為無價之寶，
便是他們手上那扶不起的阿斗。

我和二妹心灰意冷，
決定放下家的束縛，
離開居住了二十幾年的家，
離開這個毫無價值可言的家。

寒冷的冬季

文：汶莎

冬季的來臨總是容易勾引內心隱藏的寂寞，
冰寒刺骨的冷風讓人不自覺的往溫暖處靠攏。

每當回到家中，
開了燈，
暖黃的燈光並未帶來暖心的氣氛，
反而隨著窗邊縫隙吹來的寒風，
增添不少寂寥。

坐在冰冷的沙發上，
回想著身旁曾經有過的溫暖，
「或許……復合會比較好吧？」
對於如此想著的我，
理性狠狠的賞了一巴掌。

腦裡突然閃現電視劇甄環傳裡的一句台詞；
『再冷也不能拿別人的血來暖自己。』
的確，
當初提分手的是我，
怎麼能因為一時的寂寞而想著復合。

冬季，真是個容易讓人失去理智的季節；
彷彿腦袋被寒風凍結，
思緒停止運轉，
受阻的思路不禁使人做出錯誤的決策。
幸好有理智的把關，
為冰結的思緒注入一絲暖意，
活絡受阻的思路，
阻止錯誤的發生。

但……仍有些漏網之魚，
逃離理智的掌控，
任憑情感的流動，
隨著本能的趨使，
種下循環的業果，
苦嚐寂寒的懊悔。
頓時覺得一個人的冬季真是難熬，
不知何時才能到頭。
依靠著 3C 家電，
巴著暖氣不放手，
從暖風中尋得一絲滿足，
從滿足中獲得些許幸福。

或許是因為冬季的關係，
讓人變得脆弱，
讓人想要依偎。

依偎在寬厚的肩膀，
依偎在結實的胸膛，
依偎在溫暖的懷抱。

想要有個能抵禦外敵的避風港，
想要有個能阻擋徹骨寒風的處所。

或許是因為冬季的關係，
讓人變得慵懶，
讓人想要賴著。

賴著包容我的溫柔，
賴著呵護我的臂彎，
賴著認同我的支持。

想要有個能讓我感到舒心的舒適圈，
想要有個能讓我感到安心的生活圈。

或許是因為冬季的關係，
對於溫暖有著強烈的渴望，
而這種慾求隨著冰寒的空氣，
一點一滴啃蝕著我的理智。

如同在雪山被凍得寸步難行的旅人般，
漸漸失去知覺。

在窘迫的環境，
誘發著本能的行動，
我討厭這樣的自己。

每當夜愈發深沉，
心中的寂寞更是多了一分，
每當溫度越來越降，
心中的本能更是愈發猖狂。

我試圖用 3C 轉移我的注意力，
但時不時還是會失守，
在相互取暖的群組裡，
找尋著擁有相同慾望的人們。

從彼此的體溫中，
獲取那久久不得的溫暖，
安慰著自己，
也欺騙著自己。

我討厭冬季。

生命的懺悔

文：汶莎

汶莎

人生的詩篇

時針牽引著我們的人生，
分針控制著我們的行動，
秒針迫使著我們向前行。

沒有回頭的機會，
隨著滴答聲，
不斷地驅使著我們，
向那未知的未來，
埋下可能的種子。

在經過陽光的照拂，
種子漸漸從土壤裡冒出頭。
呵護的雨露沾潤著綠苗，
拔茁著新生成長，
學習的養分給予了生命的分量，
社會的摧殘賜予了生命的堅韌，
家庭的溫暖帶來了生命的延續。

生命的開始就猶如點了火的蠟燭，
燃燒著自己的生命，

點亮著社會的價值。

只為了讓自己的人生活得更有意義。

同樣地……

生命的開始亦像是一班有去無回的列車，
承載著許多過客，
承載著許多回憶，
承載著許多懊悔。

想回過頭去挽回一切，
想回過頭去彌補一切，
想回過頭去重新再來。

時間卻殘忍地向我拒絕，
反而不停地摧促著我，
踩著那份悔恨的鮮血，

喘著那股不平的悶氣，
走著那縷膽顫的鋼索，
在搖搖欲墜中，
找尋那平穩的人生。

一路走來，
犯過許多錯，
說過許多謊，
作過許多惡。

這些因果報應，
就如同嗜血的蚊子，
飛快地向我襲來，
吸取著我的快樂，
帶給我搔癢難耐的罪惡感。

我好希望時間能夠重來，
做出不一樣的選擇。
我好希望時間能夠倒退，
收回我曾說過的謊。

我好希望時間能夠停止，
阻止我犯下的過錯。
我好希望時間能夠快進，
撫平我罪惡的腫包。

但……
在時間的鞭笞下，
狠狠地告訴我這是不可能的。
我們只是他們的奴隸。

在他們一手遮天下，
我們猶如孫悟空，
難逃如來佛掌。

只能在五指山下懺悔，
反思著自己的所做所為，
反思著自己的一言一行。

細數著生命的曲折，

細數著時間的流逝，
細數著多少的懊悔。

每當再次面對同樣的事情，
每當再次做出同樣的選擇，
每當再次感受同樣的罪惡。

失落　難過　悔恨
無以挽回。

失望　窘迫　厭惡
無限循環。

回想起童年時的約定，
立志做個誠實的人，
立志做個善良的人，
立志做個對社會有貢獻的人。

但……隨著
時間的推進，
不同的選擇，
未來的分歧。

成就現在的我，
一灘爛泥。

回不去的時間，
徒留下充滿遺憾的未來。

我站在生命的十字路口，
原地懺悔著，
那些過往，
以及，
數不清的曾經。

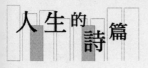

人生的詩篇

我不想死

文：汶莎

對於死亡，
我是充滿恐懼的。

我害怕死亡，
這意味著生命的結束，
夢想的終點，
未來的盡頭。

我害怕死亡，
這意味著我將帶著遺憾入土，
帶著不安離去，
帶著不捨辭別。

我對這世上還有許多的留念，
我不想這麼快就離開。

我還有一大堆的工作要做，
我還有好多的旅行要出發，
我還有各種的夢想要實現，

我還有一些約定還未履行。

我放不下我最親愛的手足，
我放不下我最摯愛的家人，
我放不下我那執拗的眷戀，
我放不下我那美好的生活。

死亡，
亦是一個新的旅程。

對於這趟未知的旅程，
我充滿了恐懼。

聽過許多傳說，
聽過許多民間故事，
敘述著各種不同的死後世界。

像是，
人死後會被牛頭馬面帶走，
到閻羅王的跟前，
依你生前的善惡，
進行審判。

善者上天堂，
惡者下地獄。

也有人說，
死後會穿過一個隧道，
脫離肉身，
變成像靈體一樣的存在。

游盪在人世間，
存在於不同的維度。

古埃及人則是，
會把肉體製成木乃伊，

經過奧西里斯的考驗，
神靈會將死者的心臟放到天秤上，
衡量著靈魂的重量，

如若心臟比羽毛輕，
則可回到肉體，
得永生。

如若心臟比羽毛重，
則會被怪獸吃掉，

各種對於死亡的想像，
就如同歌曲般，
時而高亢，
時而低沉。

飄忽不定的音符，
就如同各種的傳說，
有的讓人感到溫暖，

有的讓人感到害怕。

對我來說，
死亡的頌歌是低沉的，
是可怕的，
是絕望的。

我只想掩耳逃離，
逃離死神的靈魂收割，
逃離閻王的靈魂審判，
逃離冥王的靈魂權衡。

不想與親愛的人分離，
不想與我的生活道別，
不想與這個世界斷連。

我對死亡的恐懼
來自我的遺憾，
來自我的執著，

來自我的不捨。

太多的俗塵讓我放不下，
太多的眷戀讓我捨不得，
太多的情感讓我說不出。

如果就這樣，
伴著死亡的頌歌逝去，
我心有不甘。

不甘心所有的未盡之事，
不甘心所有的喜怒哀樂，
不甘心我所擁有的一切化為虛無。

牛頭馬面，
拜託你不要將我上銬好嗎？
死神，
拜託你不要帶我走好嗎？

我會乖乖的，絕不為非作歹，
我會聽話的，經常行善積德。
我會自律的，絕不好吃懶做，
我會擁大愛，心懷愛屋及烏。

我不想死……
我真的不想死……

拜託……

人生期程

文：汶莎

■.■ 汶莎

一生有多長？

父親說：人生過眼雲煙，稍縱即逝。
佛陀說：人生只在呼吸間。
統計學說：人的一生有三萬天。

對我來說，
一生很長很長，
長到我的待辦清單都無法一一實現。

這世界有太多事情值得我去探索，
隨着年齡的增長，
能思考的事情也愈來愈多，
感悟人生的道理，
參透這世間的所有細節，
證明自己曾經用力地活過。

在人生的每個階段，
我都會設立一個目標，

就如同闖關遊戲般，
突破關卡才能進到下一關，
每一個關卡的考驗，
都會迫使着我成長，
讓我有足夠的武器能面對未來的艱難。

雖然過程中非常痛苦，
有悲傷、有淚水、有挫折、有失望。
但每經歷過一次，
便能獲得力量。

當走到目標成功的那刻，
壓力釋放、成就感、喜悅、成長。
充滿了我的心靈，
讓我感到無比富足。

當然也有失敗的那刻，
沮喪、懊悔、難過、一蹶不振。
打擊着我的心靈，
讓我感到無比絕望。

但在悲傷之後，
總得揮去淚水，
繼續向前。

我也曾看過那些跌倒後再也爬不起來的例子，
他們的人生就到此為止，
整日過得渾渾噩噩，
不知今日是何夕。
甚至覺得活着是件痛苦的事情。

每個人都是獨自的個體，
我們並無法理解他們的遭遇，
更無法同理他們的心情，
但可以為他們的人生點亮一盞燈，
幫助他們前進。

回想起當初的失意，
也是因為有貴人的協助，
他的一言一語，
他的古道熱腸，

他的經驗分享。

為我的人生注入一股新的泉源，
開闢新的河道，
貫通我的思緒，
讓我能夠面對那些失敗，
從中尋找解決的辦法。

在過程中不僅獲得了新的思維，
也讓自己成長。

提起那迷失的勇氣，
進入下一道關卡，
進入下一個挑戰。
天下無不散的宴席，
人生亦同，
當走到花落株朽那刻，
對於人生又有不同的解讀。

像是遊戲到了 GAME OVER 的畫面，
那種舒心感、滿足感、豁然感，
佔據着心頭。

好像目標都已達成，
卻又好像遺漏了哪些未竟之事，
但這些似乎都已不再重要。

因為身體累了，
動不了了。
因為腦子乏了，
轉不動了。

不知是否因為年齡的增長，
怠惰悄悄地爬滿我的肌肉，
鬆弛着我那緊蹦的神經。

身體已不像當年那般勇健，
眼皮也在怠惰的壓迫下，

愈發沉重。

在闔上眼的那刻，
我問了自己：
「你對你的人生問心無愧嗎？」
我想……
我盡力了。

人生的詩篇

蝴蝶翩翩

文：汶莎

在破殼而出之後，
要面對的是那劇烈的氣候變化，
少了卵殼的保護，
僅能依靠大自然，
找尋安全的庇護所。

在破殼而出之後，
要面對的是那殘酷的物競天擇，
少了父母的保護，
只能靠自己生存，
為了繁衍後代努力生活。

不能再依靠母親給的恩惠，
循着刻在血液裡的本能意識，
進食，
不斷地進食，
為了能夠繼續活着。
褪皮，
反覆的褪皮，
為了能夠繼續成長。

跟飛鳥玩着生命的躲貓貓，
避免成為了他們的腹中飧。

無論是刮風下雨，
亦或是蟲鳥襲擊，
蒙得上天眷顧，
生命得以延續。

靜待着時機來臨，
吐出細細的絲，
將自己包裹住，
以擬態的身姿，
潛伏在綠意中。

聽着平穩的心跳聲，
沉沉地睡去。

在蛹中思考着，
夢想偉大的志向，

期許有一番作為，
對未來充滿無限憧憬。

即便……
曾遭遇過多麼艱難的困境，
即便……
曾面對過難以決定的抉擇，
即便……
世界給過無比痛苦的絕望。

仍不停告訴自己，
堅信着老天會友善待人。

將所有的悲傷化作養分，
將所有的痛苦化作動力，
將所有的絕望化作希望。

破蛹而出，
待羽化成蝶那刻，

振起雙翅，
跨出未知的一步。

輕盈的身姿充滿了生命的光輝，
穿梭在花叢間，
尋覓着人生進展的契機。

雖在過程中，
遭遇不少橫禍。

同類相殘的利益糾葛，
爾虞我詐的情愛遊戲，
勾心鬥角的人際互動。

一些看似微不足道的小事，
在經過有心人的加油添醋，
有意無意地撩撥他人心弦，
偽裝欺騙着那些善良的人。

意圖使人迷惑心智，
促使做出錯誤決定。

即使如此，
在風雨飄渺中，
搖搖欲墜。

仍是能尋求到一處避風港，
一個，
能感到舒適，
能感到自在，
能感到信任，
能感到安心，
的地方。

直到最後，
拖着油盡燈枯的身子，
硬挺頸骨，
完成使命。

然後⋯⋯
帶着滿足的笑容,
隕落。

回歸塵土的懷抱,
帶着矇矓的意識,
回想着過往。

那些後悔,
那些遺憾,
那些錯過。

隨着肉體的消亡,
一起化為塵土。

那些快樂,
那些美好,
那些邂逅,

隨着靈魂的升華，
一起化為回憶。

抖動着最後的羽翼，
對這個世界做最後的告別。

放下留戀，
放下眷戀，
心無掛礙，
獲得真正的自由。

拋開執念，
拋開痴念，
淺笑安然，
獲得真正的平靜。

一生，
雖然短暫，
卻又精彩。

富貴險中囚

文：汶莎

汶莎

在未開眼的嚶嚶哺乳時期，
母親的味道便是我安全的依偎。

在溫暖細絨的毛髮中，
本能地，找尋營養的乳汁。

本以為能夠在母親的照護下，
平安成長，
殊不知一股力量將我拉起，
強迫將我從母親的擁抱中，
曳起。

我和其他不知名的兄弟姐妹待在一起，
失去母親味道的我們猶如無頭蒼蠅般，
只能嚶嚶嚎叫，
無人理會。

叫累了就昏睡過去，
醒來便繼續嚎叫著。

日復一日，
搜尋不到熟悉的味道，
肚子已餓到沒有力氣再叫，
突然有一陣未曾聞過的香味吸引著我，
鼻子向前探去，
舌頭試探幾下，
鮮甜的味道深入喉頭，
讓人欲罷不能，
埋頭吃了起來。

不知是太過滿足，
亦或是餓了過頭，
在大快朵頤之後，
我便沉沉安睡下。

當我被一道強光照得不自覺睜開眼時，
細細的線條遮擋了我的視線，
當我以為世界都是充滿線線的景象，
奮力地蹬起腳尖，
向前奔去。

「碰！」的一聲，
才知道那些線條是將我們困住的牢籠，
頓時明白原來我們的世界僅方寸之地。

無法盡情奔跑，
無法恣意伸展，
無法隨意探險。

在這狹窄的空間，
混雜了不安、膽怯、焦慮，
止不住的顫抖，
像是觸電般，
向四周漫延。

日子一天一天的過去，
對於自由的渴望，
在密室的幽閉下，
已成為了絕望。

對於沒有希望的未來，

活着也不曉得有何意義。

直到籠子外的景色更迭，
被細心地打理後，
放到了透明的櫥窗中。

原以為自由觸手可得，
卻只是妄想。

只是換到了一個溫暖、明亮、寬敞的地方。
食物也變得可口了些，
不過卻得承受歡騰的尖叫聲、拍打聲。

雖然能在他們的手上，
汲取一些溫暖；
與母親相似的。

仍替代不了那曾給予我依靠的懷抱。

突然一雙眼眸直勾勾地盯着我，
那炙熱的眼神透露出強烈的慾望，
不自覺地，
被深深吸引。

我像似回應他的熱情，
叫了一聲。

對方開心的將我從櫃子裡抱了出來，
他身上溫暖的味道，
讓我想起了母親的擁抱。

就這樣，
我被帶走了。

這裡沒有冰冷的鐵籠，
這裡沒有吵雜的聲音，
這裡沒有難聞的味道。

在被取了名字，
戴上項圈後，
我開始有了歸屬感。

在這裡我可以隨心所欲地想做任何事，
雖然偶爾會被挨罵，
雖然時常會被規範，
但卻能感受得到愛的溫暖。

對於未來，
我開始有了目標，
想陪伴着他，
直到永遠。

人生的詩篇

落葉歸根

文：汶莎

汶莎

歲月帶走年華，
時間鑿下刻痕，
凋零勢不可抵。

就像風中殘燭，
搖曳的燈火着急地摧化着；
融蠋成油，
從昂然挺立的姿態，
燒融成一攤平靜。

如影隨形的感慨，
追遡着年少的自己，
回憶着那輕狂的日子。

隨之而來的懊悔，
折磨着青澀的心智，
沉浸在那低潮的時光。

豁然開朗的成長，

擁簇着稚嫩的自己，
拉拔那段未熟的思維。

如同人生的跑馬燈，
隨着光影晃動，
歷歷在目。

如同返老還童般，
過往的青春歲月與佝僂的身軀，
形成強烈的對比。

力不從心的無奈，
不得不接受現下的狀況。

一分一秒消逝的時間，
似乎宣告着自己生命即將到頭。

等待，等待，再等待；
像似等着奇蹟般，

盼着時間停下。

凝望，凝望，再凝望；
像是要把天望穿，
想着盡頭何時到來。

倏地，
一聲「啪嚓！」，
斷了我的念想，
斷了我的思緒，
斷了我的能量。

猶如斷了線的提線木偶，
散落的四肢與零碎的意識，
慢慢蝕盡飛散，
「無我」應該就是這樣的境地吧！

感覺身體輕飄飄的，
腦袋頓時空蕩蕩的。

沒有一絲的聲響，
只有嗡嗡聲在耳畔，
訴說着「無」。

無心、無識、無念、無垢，
無貪、無痴、無嗔、無恨，
無惡、無妒、無憤、無慢，
無色、無惰、無欲、無欺。

似乎被抽走了一切，
才能感受到無事一身輕，
整個人飄浮着，
在一片虛無之中，
漫無目地的，
遊蕩。

直至……
黑暗將我吞噬。

在一片漆黑之中，
六識漸漸清晰，
如同新生兒般，
開始探索着。

在一片漆黑之中，
本能漸漸覺醒，
如同野獸一般，
開始尋找着。

探索什麼？
尋找什麼？
不知道，我真的不知道，
連什麼時候開始，
我也不曉得。

像是血液裡刻着，
無以名狀的感覺。

不知過了多久，
黑暗中透出一絲光亮，
我如同飛蛾撲火般遊去，
漫長的路途甚至不覺得累。

興奮感充斥着內心，
滿懷着希望的動力，
前進。

雖然不知何時才能到達光之彼岸，
仍日復一日向前遊着，
不知過了多久，
離那未知愈來愈近，
隨着一個閃光，
抵達。

陌生的世界，
讓我記不起那片虛無，
一切都是這麼新鮮，
一切都是這麼新奇。

感受到的溫暖，
喚起了血液中本能，
汲取着這世界的一切。

像似為了生存，
又像似為了什麼，
而努力着，
似曾相似的感覺，
彷彿又回到了，

令人感到熟悉，
卻又想不起來的地方。

我……到家了嗎？

請小心輕放「第一次」

文：葉櫻

■■■葉櫻

　　第一次踏進披薩店，大概是九歲。當時我被要求自己去拿預訂的披薩，不知道為什麼，臨停在披薩店門口的父親不一起進去，自己留在車上，給我一張千元大鈔，要我獨自進去取餐。

　　那其實不是一件難事，現在的我甚至懂得用網路或是 APP 點餐，但那畢竟是我第一次進去披薩店。推開玻璃門的剎那，我既忐忑又開心，因櫃台、後台、忙碌的店員，喧鬧陌生的一切而好奇不已，但同時也更加畏怯，感覺自己像是誤入異國且不曉當地語言的生人，只能安靜地站在角落，希望被店員注意到，又希望自己隱沒在背景中。

　　希望被注意，是因為我想要完成被交辦的任務。因為在我當時的經驗中，所有餐廳的店員都會主動上菜或詢問，我便很自然地以「餐點還沒做好」這一理由，來解釋他們遲遲不搭理我，以及後來的客人先取餐這種種令人困惑的狀況。

　　你可能會說：那妳都不會問嗎？可是，當一個人以為他真的明白，又或是尋到了一個足以說服自己的理由時，他真的不會問，因為他根本沒有問題好問。而人在面對陌生現實的時候，也總會先用已知的資訊

將現實合理化，並全然地相信着自己的解釋，直到被點破時，才會發現自己的想法有多麼荒謬。

於是我就站在那裡整整二十多分鐘，直到某個和善的店員終於主動過來問我，站在這裡做甚麼。我說我要取餐，她便把早已冷掉的披薩給我，我一陣愕然，但因為學到了新知識，因此還是高興着，咀嚼着剛剛的小小冒險，蹦跳着上車。

父親卻不高興，一上車就罵我為什麼傻站在那裡。原來他一直看著我罰站，卻不來告訴我，而是選擇在我回來時爆發出怒氣，這一點都不合理。

前一秒才炙熱的心情，就跟披薩一樣地冷掉了。那天，我的內心空落落的，又堵着一口氣，就連期待了好久的披薩，都失去了原該有的興奮美味。

第一次總是讓人不安又期待，不管長到怎樣的年紀，不管將要第一次嘗試的事是大是小，都還是會因未知而湧起不安。如果希望對方自由地嘗試和成長，那麼在旁守候時，就不該因他的錯誤或低劣表現而生氣；如果希望對方初次便能達成目標，那麼就要耐心地給予必要的指示。

　　畢竟誰都會有第一次。誰知道呢？也許下次陪你體驗另一個第一次的人，就是那個被你粗暴對待過的人呢。

沒有棒子可接的人

文：葉櫻

葉櫻

　　十二月是運動會之月。聖誕節的早晨，鄰近小學的熱烈氣氛穿透了臥室的窗戶，震天價響的音樂、司儀的廣播、稚嫩的呼喊與管樂隊吹奏出的旋律，全都和陽光一起潑進房間。賴床賴了一會兒，聽著模糊的喧鬧聲，不由得想到自己國小的時候，因為一場大隊接力練習，莫名其妙被處罰的惡劣回憶。

　　某年，老師帶著全班到操場，分成兩隊練習大隊接力。不知道從哪一棒開始，二隊的棒子竟然互換，卻沒有一個孩子發現──預備上場的人瘋狂地為隊友加油吶喊；站在起跑線上的人滿心緊張；跑步的人眼中只有和對手的距離──誰又有心思去注意這個本來不可能發生的謬誤呢？再說，那兩根棒子大半時候都被緊緊握著，想在豔陽下看出棒子的顏色也並不容易。

　　練習安然結束後，大家三三兩兩圍成小圈，或站或坐地討論方才的情況，每個人都掛著滿足的微笑，可就在這時，老師突然沉下臉色，疾言厲色地喝令我們照剛剛的分隊蹲成兩排，接著痛斥我們犯下如此荒謬的失誤，末了還叫我們那隊全站起來，依序將臉頰送到他手邊，在眾目睽睽下讓他大力地拉扯臉皮，以為羞辱──雖然以他的說法，那是為了給我們警惕，下次不再犯相同錯誤的正義之舉。

　　自那天以後，我就討厭起那個老師。彼時我以為那不過是出於被公開羞辱的憤恨，但現在回想起來，或許其中也夾雜著輕蔑，因為在那件事之後，我就不再相信他的任何訓誡。他不只捏碎小孩的自尊，也捏碎了他值得敬重的面具。

　　如果真的想預防重蹈覆轍，那就該在事情發生當下緊急叫停，立刻將原因梳理清楚，找出因應的對策，而不是不發一語地旁觀，在一片快樂時狠潑冷水，用自命不凡的臉色處罰我們，展現老師的權力。這只凸顯了他的傲慢與幼稚，根本沒有解決問題，遑論帶給孩子有利的教育——只記得熱辣辣的羞愧，而至今還不明白整件事經過的我，就是最好的證明。

　　若是在生活中抱著這種態度與他人合作，別說是佔據教練的位置，也許到最後根本就沒人會再遞來棒子，就連弄混的機會都沒有，只能一個人孤零零地跑起長跑，一旦灰頭土臉地跌倒，響徹的也只有訕笑吧。

人生的詩篇

相看永不厭

文：葉櫻

葉櫻

有一天，國王和牧羊人在原野相遇了。

國王觀察著那個牧羊人：他懶洋洋地曬着太陽，羊隻在附近咀嚼着嫩草，清風送來舒暢的涼意，樹上傳來甜美的鳥鳴。一切都如此平和，充滿了自然與美好，完全沒有一絲拘束與禮節。國王想：啊，他該是一個多麼幸福的人！

牧羊人也打量着國王。在他看來，這是世界上最令人羨慕的人——他穿金戴銀，有馬足供代步，不須擔憂明日是否會遭受飢餓或寒冷，只要一聲令下，哪怕要求再荒唐無稽，臣服的人也只能唯唯諾諾地答應。那該是多麼美妙的生活！

抱持着如此想法，兩人情不自禁地靠近對方，像兄弟一般親密攀談。從彼此的言談之中，兩人聽見了更多自己求而不得的事物，因此越談越投機，同時更加羨慕對方，巴不得和對方交換身份。

最後某一人說：「既然我們都不滿意自己的生活，也長得挺像的，為什麼不交換一天生活呢？這樣我們就能盡情享受那些好東西了。」另一人也覺得這主意真是妙，因此兩人立刻交換衣裝，笑容滿面地向彼此道別。

國王卸下了背負國家的重擔，粗魯地伸了個懶腰，正準備躺到草地上好好享受一番悠閒，卻突然聽見一聲狼嚎。轉眼間，羊群便四處逃竄，國王來回奔波了一整個下午，花了好大一番勁，才勉強將倖免的羊集合在一起，踏着沉重的腳步把羊交還給雇主，還因此挨了雇主幾鞭子。

另一邊，幻想着滿桌佳餚的牧羊人，才抵達宮殿便被群臣抓住，受到外交、經濟、民生等議題的輪番轟炸，送走他們之後，僕人們卻又立刻將他推進書房，請他處理如山高聳的羊皮紙卷。牧羊人忙得暈頭轉向，連飯都沒好好吃上幾口。

第二天，兩人急忙換回身分，回到自己熟悉的角色後，反而露出前所未有的安心笑容。

聽說人的眼睛之所以長在前方，是為了多注意別人，少注意自己。但我們卻錯放了焦點，總是貪看那些他人擁有、自己缺乏的事物，為此羨慕忌妒，自憐自嘆。

然而，你羨慕他的錢財，他或許卻羨慕你的悠閒。每個人都欣羨彼此，沒意識到世間有光便有影，那些他人背負的憂傷痛苦並非不存在，只不過是潛藏於黑

暗中才讓人忽略，因此繼續徒然且不知疲倦地比較着、艷羨着，繼續相看兩不厭。

一切皆流

文：葉櫻

葉櫻

　　某個晚上，書終於暫時讀到一個段落，便決定翻找些文章來看。上了熟悉的網站，隨意地瀏覽着最新的作品，卻沒有一個標題使人滿意，驀然便想起很久之前曾看過的一篇細膩故事，便憑着記憶鍵入標籤，卻搜尋無果；翻閱自己收藏的頁面，也一無所獲。標題早就忘了，我失了一切尋覓的手段，只能堵着一口氣，陷在求而不得的鬱悶之中，平白感到內心空落落的，好似失去了什麼。

　　舉着手機發呆時，又想到其他曾經錯過的美麗事物：許多無緣的比賽與機會；某些本想投稿曝光，現已卻不再開放投書的媒體；很多存入待閱清單，卻無預警下架的網路文章。追根究底，之所以任由這些東西自手中滑落，直到事後才後悔不迭，都是因為我的安逸與自大──誤以為自己還有時間，誤以為它們會恆久存在，一拖再拖，直到錯失了才明白，原來不只是人，就連事物也不會為了單單一人無限期地駐留。

　　明明機會和時間都並非無窮無盡，我們卻如此樂觀，滿心認為只要有心，隨時都能滿足一切所願。豈知我們能控制的只有自己，外在的事物就如流水般來去，每天都有新生的湧出，陳舊的則被沖刷而去。我與外在互不相干，只不過是在某個時間相遇，建立起

一段岌岌可危的、不可預期的關係——也許屹立數年，也許短如朝露。而在我們終於得空、回頭尋覓的時候，那些珍貴的物與事若非早就變了模樣，便是早已不復存在，徒留記憶中一片淡淡的剪影，與隨之興起的遺憾。

為了避免擦身與後悔，最理想的狀況，當然是抓住每一個機會。但精力和時間終究有限，若為了每一個機會來回奔忙，讓自己疲憊不堪，似乎又失去了其愉快的本質。

那究竟該如何才好呢？也許真的就只能秉持「一期一會」的精神，直面那些喜愛的事物了吧。若是條件許可，便稍微勤勞一點，總之先嘗試、先抓住，將每次相遇都當成最後一次，盡力沉浸其中，留下美好的回憶。如此即便終將失去，到底也還有一些足供惦念的事物，而當我們總是這樣用力的活，或許便能不枉那滔滔而來的每一個美好，也不再會辜負自己了吧。

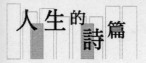

願望通貨膨脹

文：葉櫻

■■■葉櫻

在放置化妝品的置物鐵掛籃上，綁著兩張小小的、承載著鉛筆字的紙片。那是十幾年前從爭鮮帶回來的戰利品：店家仿照日本七夕習俗贈與客人的許願短冊。

我們家沒有能懸吊紙箋的竹枝，母親便將它們綁在鐵架上，隨著風輕微擺盪，一晃眼便晃過了十幾年。

拿起來細究，會發現其中一張寫著「中大樂透頭獎」，另一張則寫著「永遠考第一名」。就算撇去字跡不談，單願望本身，也能立刻辨認出哪張是我的，哪張又是父親的。緊緊挨著的兩個願望一虛一實，一大一小，顯得我的心願特別孩子氣，難怪當時母親和姐姐都笑我，我也只能跟著不好意思地笑笑，把那份堅定吞回肚子裡。

然而那份強烈的執念，也終於隨著時間緩緩褪色。雖然願望並沒有完全實現，但我也早就忘了那個童稚的祈願──我不停地成長，世界不停地擴大，而它就和那些被貼上童稚標籤的事物一樣，被我鎖進記憶的匣子，在時間之河上載浮載沉。我再也沒認真看過那張紙片，即使它仍舊在那裡飄搖著。

我仍時不時地許願，但願望不斷地膨大，也不斷地蒼白──我想得到文學獎，想得到某個案子，想突

然得到一大筆錢。我希求許多事物，但已不相信願望真的會實現。這些願望就像是通貨膨脹的紙幣，幾乎已經不帶任何意義或真心。

堅信願望將會實現的大人，一定比小孩少得多吧。孩子說出願望的剎那，總是眉飛色舞，語氣昂揚，就好像只要把心願說出來，就已完成了一半。

時隔多年，我再度凝望那張短冊。那時我的字又大又笨拙，筆畫總是斷得乾乾淨淨，和我現在那總是歪往右邊的小字大相逕庭。而我那時的願望也同樣樸拙、實際、力所能及，如今許願，卻總是求不可控的外力，給予我不可得的無數事物。

為什麼九歲的我會那樣祈求呢？又是為什麼，二十多歲的我已經無法再許下這種實際的願望了呢？

我知道那是個傻氣的願望，但是，因為微小的事物而快樂、僅在乎力所能及之物的專注、相信許願必能實現的堅定，這種種心情都飽含其中，閃耀著單純的美麗。

現在的我已很少許願，但若要再寫一張許願短冊，我想許下「保持只想考第一名那時的心情」這種願望，

並且用全心期望它會實現。

那許多場速食戀愛

文：葉櫻

■　■■　葉櫻

　　最近的生活可謂靡爛。剛剛考完研究所，緊繃太久的心弦頓時折斷，做甚麼都懶。明知不可為，卻還是鎮日懨懨，勉力做事效率奇差，什麼都不做卻又靜不下心，滿腔焦躁和空虛，猶如渴望不可得之物的行屍走肉。

　　我知道這是我又犯了「毒癮」，需要找點東西來迷，才能擺脫這黏滯的無聊心境，於是便下載了閱覽韓國漫畫的程式，點開網路討論度最高的作品，而後便一發不可收拾。

　　看漫畫的時候，我就像尋到綠洲的沙漠遇難者，也像是有幸進入仙境的旅人，狼吞虎嚥，驚嘆連連，彷彿我的人生就靠它才有味兒。我不停地點按著下一集，等不及更新，便到網路上亂搜其他網站，往往再度抬起頭來，天色便已經變暗。即便已經追到最新進度，卻還是不肯罷休，常常久久盯著最後一集的頁面，又或是反覆刷著不同網站，期待突然跳出更新的訊息，甚至恨自己沒有學會韓文，不能直接到原連載網站將結局看個分明。我滿眼都是那些情節，滿心都洋溢著相見恨晚與寶愛之情，同時暗罵這麼晚才發現如此珍寶的自己。

　　那種患得患失、見什麼都好的心情，就和熱戀的人極其相似。

　　然而，過了幾天冷靜下來，重新再看一遍作品時，總不禁想問當時的自己：這究竟有哪裡值得我如此迷戀？回頭看第二遍的作品，雖然仍然有趣，但也斷不到讓人廢寢忘食的程度，差別之大，就像是另一部完全不同的作品。

　　而那時的我，或許也根本是另一個不同的人，也許真的是被妖魔附身了也不一定。著魔、著迷這兩個詞可真有意思，精準地勾勒出人陷入迷戀的樣子：那時的自己是個陌生人，處在狂熱的戀愛高峰，被熱情迷了眼，被執著控制心身。那是旁觀者難以意會，只有當事人才能明白的魔怔——而或許，真正讓我們迷戀的並非作品本身，而是那戀愛般的、令人窒息的甜蜜快樂。

　　有人或許會說，這種熱情激烈得有些愚蠢，但在那期間所獲得的滿足和享受，卻比平常更加強烈真實。能那樣燃燒生命，簡單地得到快樂，又有什麼不好呢？

　　如果可以，我希望能一直保有這種天真和敏感的心，和更多有趣的事物，談一場奔放的戀愛。

人生的詩篇

意料之外的美麗

文：葉櫻

■ ■ ■ 葉櫻

　　高中的時候，因為突發而盲目的天真，鐵了心轉進普通班，深信那樣就能擁有更美好的未來。然而血淋淋的事實是，在踏進新班級之前我便已經後悔，卻也已經無法回頭，就像是愚笨的人魚公主，白白地把自己甩到岸上，走每一步都是椎心的後悔與苦悶。可是，那畢竟是自己種下的因，沒有能夠遷怒的人，沒有回去的地方，便只能反過來怪自己，成天想方設法地折磨自己，在悲傷之中又感到一種奇妙的快樂。

　　我不肯讓自己好過，總要表現出悲苦的樣子，在同學和自己之間畫一條隱形的界線，拒絕和她們交好，像是一只鬧脾氣的蝸牛，也像是無家可歸而怕生的小狗。我獨來獨往，下課便趴着，有時候偷偷地哭，在課本上寫滿憂鬱和懺悔的字句。直到畢業，我也沒有真確認識幾個人，就算遇上了好事，也總是極力壓抑着嘴角，好似如果我過得快樂，就背叛了我自己。

　　我當時便已明白這樣毫無意義，然而那的確也是一種真實且迫切的需要。我似乎隱隱認為，既然我選擇了錯誤的道路，便理應付出代價。若我全然接受現況，過着和以前沒有差別的日子，那不啻是否定了後悔的自己，也肯定了不如己意的人生，因此我只能深陷在自以為應該存有的悲傷中，而錯過了更多，埋怨

又更多。

在事情不盡人意、發展偏離預期的時候，我們似乎常常如此。總是唉聲嘆氣，抱怨連連，就算偶然遇見令人高興的事，也非得收斂神色，抿著嘴，不肯流露出一絲快樂。可其實，這並非因為現況真的慘到無以復加，而只是因為我們先入為主，深信只有自己認定的第一志願，才會讓自己幸福。許多時候，我們不過是和自己過不去，不過是看不得自己好，以為要繼續一蹶不振，才對得起「淪落」的自己。而在我們努力鬱鬱寡歡的時候，又錯過了更多原本能經驗的美好，因此更覺自己可憐，更怨恨自己的不幸。

現在，我仍計畫未來，也仍懷抱夢想，並為此努力。但我不會再因為失敗而怨天尤人，甚至為此處罰自己。我已明白，在人生「出軌」時，可以悲傷，可以失落，但為此全盤否定另一條路，是毫不必要又悲傷的事情。

若人生不如意事十之八九，何妨便將不如意看作一場意外？雖然我們再也走不上夢想中的康莊大道，但或許那條意外的羊腸小徑，卻通往人間仙境，也不一定。

人生的詩篇

無價的夢想

文：葉櫻

■ ■ ■ 葉櫻

　　從小，我就喜歡作夢。我可以花一整個下午，吹起一個個想像，描繪自己未來可能的模樣，和可能經驗的生活。我在腦中給自己織了許多不同的人生，為此微笑，就像是聞到麵包香氣的孩子，雖然一口也沒親嚐，卻早已偷偷瓜分了一小片幸福。

　　然而，差不多在同樣的時間，我也已經明白，即便是不存於此世的夢想，也並非全盤自由，而是會被貼上不同的價錢秤斤論兩。有的夢想生來就冠冕堂皇，能讓人抬頭挺胸地宣之於口，收穫大人的稱美；有的夢想卻只能悶在心中，若不小心說溜嘴，大人便會搖頭，說究竟是去哪兒學的，竟然有這種想法。

　　我們都如此做着夢長大，藉由每一次的回饋修正自己的夢想，並逐漸內化那些評判的標準，漸漸地成為另一個大人。我們仍能談論夢想，但嘴上說着想要升職、加薪、助人的人，又有多少人其實只想要平淡地生活，想要安穩的幸福，或是想要不勞而獲，能隨意過日子呢？

　　我認為，這種無法讓人老實說出夢想的社會氛圍，是很讓人難受的。

　　打從一開始，夢想就不該被標價。所謂的夢想，

是某個人的人生目標、願望或熱情，是讓人願意為此付出許多時間與心力，過程與完成都能讓人得到幸福的事物。那麼，為什麼我們總稱讚那些夢想成為醫生或律師的人，卻會在聽見有人夢想成為家庭主婦或農夫時感到愕然？如果，我們都曾偷偷地希望自己能永遠不愁吃穿，為什麼卻要讚揚那些願意不停打拼的人，而偷偷地訕笑那些喊着想要躺平、追求小確幸的人呢？

每個人的夢想與價值觀都不同，若我們想跳脫別人加諸於自己的刻板印象，那我們也沒有立場或必要抨擊彼此。誰說想追求鉅額財富的人，就比想享受日子的人更值得仿效？立定了夢想，便全力以赴、享受結果，同樣對自己的人生負責，同樣得到等值的幸福，那就已經足夠了。

希望有一天，我們能生活在每個人都能老實地說出自己的夢想，而不會被嘲笑的世界。在那個世界中，人不會因夢想而偉大，也不會因夢想而渺小，因為所有夢想都同等無價，只要是能讓我們全心享受人生、實現追求的，都是好夢想。

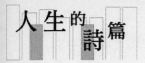

如果人生是一種文體

文：葉櫻

葉櫻

人生的詩篇

　　如果要將人生活成一種文體，我希望自己的人生能是一首新詩。

　　雖然劇本也挺不錯，可是一部好戲的精髓，就在一連串的衝突堆疊出的高潮，還得找來分別代表正反兩面的一群角色，才能交織出扣人心弦、複雜精彩的劇情。那樣的人生實在有點過於驚心動魄，令人難以享受。

　　每部小說都是一個人的故事，似乎和人生非常相合。可小說也需要懸念與伏筆、衝突與轉機，且主角時常必須失去某種重要的事物，被迫踏上旅途，蛻變成長為英雄式的人物，光鮮亮麗的代價實在太大——而如果是悲劇結尾的小說，那就更加讓人難受了。

　　活成一篇散文或許不錯，畢竟散文源自於生活，無論主題與敘事方法，都有機會成為字字珠玉，惹人愛憐。然而散文最講究鋪排與連貫，如果不循序漸進，那就很有可能成了斷簡殘篇，少不得惹人笑話。

　　唯有新詩，是無論如何都安全無虞的。大眾對新詩自有一種包容，就像是么兒得到的寵愛，無論怎麼做、做了甚麼，都是好的。新詩天生有種祝福：不管是怎樣的文句，只要冠上詩的名諱，幾分詩意便油然

而生，而詩意就是一切正向的結晶——美的、趣味的、令人喜愛的、琢磨不透卻感到趣味的。一切都能用一句「因為是詩嘛」輕巧帶過。於是，詩便獲得全盤的自由，盡可隨意蔓延成篇了。

詩就像是宇宙，一切皆含納其中，於是恣意遊走，不再受明顯的規矩束縛。萬物皆可成詩、萬般語氣皆可為詩、萬種結構、萬個語詞都能入詩。在詩中，狂想與裂解都可被允許，想要循規蹈矩，想要實驗新創，一切皆遵從本心。詩是生命最原始的謳歌，承載著純粹的感情，超脫於對錯優劣之外。

我想，每個人都應該活成一首詩。照著自己的節奏，譜出纏綿又獨特的生活，在不同的心情、時期、身分裡，擺盪出不同的韻律，自由地輕輕搖擺，享受自己的人生。而即便我們無法真正明白彼此，也能如同讀詩一般寬容地欣賞、接受，如此一來，便再也沒有人會感到格格不入，自慚形穢了。因為我們都知道，世界與人生，也一如新詩般多彩、所有變體都能被允許。

人生的詩篇

以愛為名的怪獸

文：葉櫻

葉櫻

　　上禮拜，哥吉拉攻佔了網路的各個角落，卻不是因為今年暑假即將推出相關電影，而是因為某對夫妻因哥吉拉公仔瀕臨離婚。

　　事情的開端是一位妻子的貼文。她說自己的母親和親戚來家中作客，小孩看上了某隻哥吉拉公仔，母親又不停遊說要她送人，她便自作主張將公仔送給親戚。丈夫發現後非常憤怒，大吵後奪門而出，再度回家時，竟帶回總計價值十多萬的一袋公仔。妻子認為丈夫的行為實在過分，憤而搬回娘家，還撂下狠話，宣稱要丈夫道歉才願回家，因為丈夫如果繼續這麼幼稚，他們兩個「會有大問題」。

　　可惜妻子低估了丈夫的怒火。丈夫冷靜下來之後，竟直接表明要找律師討論離婚事宜，心慌的妻子連忙趕回家中，丈夫卻早已不見人影，討好與道歉也都獲得冷淡回應，彌補似乎為時已晚。

　　有人戲稱怪獸毀滅了一場婚姻，我雖認同這一觀點，但卻以為，這件事情中的怪獸並非那個不幸的收藏品，而是披着愛之名橫行的強硬與自私。

　　這件事之所以流傳得如此廣泛，不外乎是因為許多人都從中看見自己的倒影，進而產生共鳴——大多

數的我們，也都曾是那個不被尊重、被自作主張的親愛之人，轉贈或丟棄東西的人。而在我們討要解釋和道歉時，那些我們深愛的人，甚或會振振有詞，若非以「你長大了，不需要那種玩具」來搪塞，就是用「我這是為你好，要你好好念書」來作結。

然而，我們感受到的卻是無力的憤怒、深刻的背叛與越界的厭惡。我們之所以受傷，並不總是因為物品本身多有價值，而更常是因為由此延伸出的隱諱暗示：在對方心中，自己是可以被隨意擺弄的物品，根本不被在乎與珍惜。

因此，我們總是揚起超乎想像的憤怒，甚至會因此丟失一部分的愛，且永無尋回之日。

我們是多麼矛盾。面對陌生人時，就算是用畢的碗盤，看似無用的瓶罐，我們也不會貿然「貼心地」逕自將其丟棄，而是先小心詢問對方，是否還需要那些東西，卻在面對親愛之人時，變得霸道蠻橫。

許多人誤以為愛等於無上的權力，等同於控制對方、擁有對方的一切，卻不知道，愛雖維繫了不同個體，我們雖總將「不分你我」當成願景，終究不該得寸進尺，忘記彼此擁有相等的權利。

　　若能記得尊重與距離，那我想，愛就不會長成怪獸，因怪獸而恩斷義絕，也再不會發生了。

雨或陽光

文：安塔 Anta

安塔Anta

　　這幾天開始下雨，台中的雨下得不大，一點一滴的雨水打在屋頂上、馬路上，還有在我身上，雨水打在身上一點也不痛，不知道是從多高的地掉下來的，雖然雨水的重量不重，不過打在身上還是有感覺的，這樣的感覺讓自己知道有存在感。

　　週末與朋友聊天，他跟我說了他們公司的狀況，公司裡有一為學長，除了他自己之外，這位學長的年資是裡面算最菜的，他看見公司的主管在開會的時候，總是常常在唸他，這種狀況他跟我也不算是第一次看見的了。

　　不知道以前的長輩他們年輕的經驗是怎麼的，但看起來他們早已習慣這樣的模式，可是身為被唸的那個人會是什麼心情呢？也許心中充滿感激的覺得，自己有被受重視？或者是說，很委屈？他說某些公司的氛圍就是這樣的，或許他們認為有壓力才是一件好事情，這也來自每個人的價值觀的不同。

　　我看着他，我們彼此的樣子有些不同了，出社會後，我們有些衣服可能不再穿上了，每天在工作崗位上，代表着每一個角色，而這些角色也讓我們成為角色的樣子，不一定每一件衣服都是適合這些角色穿的，

隔了一段時間我們經過篩選，最終成為了工作角色的樣子，這些樣子也可能是老闆喜歡的樣子，或者是客戶喜歡的樣子。

我們平常扮演著工作角色所需要的模樣，也許就像最近的雨一樣，雖然沒有強烈的侵略感，還是讓人可以感受到它的存在。

他說，我也沒問過那位學長他被唸的時候是什麼心情，不過我看他平常還是可以跟主管好好的對話。我問他，什麼意思？什麼是可以好好的對話？他說，就是主管問他一些問題，他還是能夠好好的回答，看不出來會不會心情不好，或者是說委屈什麼的吧。

我跟他說，可能他也不能表現出來吧，不論他心裡真正想的是什麼，我是想到，就算主管是領別人的薪水，開會時講的話，對屬下有沒有幫助才是最重要的吧，不管是要講稱讚的話或是有威嚴的樣子，應該是要看講什麼話，會讓人有方向有動力吧，我覺得鼓舞別人的力量很重要。

他說，這麼說也沒錯，真正能夠讓人有動力去做事，這真是一件不容易的事。

　　我在想天氣有時陰有時晴，植物都需要光合作用
了，那人呢？我想常常沒有曬太陽的人，身體也不大
健康吧，真正的曬太陽，或是成為別人的太陽，照亮
與鼓舞他人，一直是一件美好的事。

喜歡

文：安塔 Anta

安塔Anta

　　明明想吃蛋餅卻點成吐司，站在櫃檯點完餐的自己，也忘記是怎麼回事了。明明要做的那件事卻又忘記了，或者是做錯了，跟原本的習慣變得不一樣，這是一個糟糕的時候，在這種時候，可能喜歡上某個人了。

　　當眼前的這個人出現，會發現自己的頻率變得不一樣，呼吸不正常，而在與他對上眼的那一刻更是感到心臟跳很大力，這種磁場的對應，也常讓人好奇，對方也會有這樣的感覺嗎？

　　從第一印象的沒感覺，到後來有人稱讚他，你才開始有在觀察他，當然當下對於別人的稱讚是感到疑惑的，後來從他的做事方式會知道，他的實力去到哪裡，而他能在散發實力的同時加上他的自信，變得有個人魅力，這就不再是單單只是做好一件事了。

　　這種現象，他會變得有魅力，然後突然讓人欣賞，會開始尊敬他，開始覺得他不太一樣，但是讓人困擾的是，以為他會是一個謙虛的人，可是竟然不是，他其實有點囂張，有點驕傲，讓人摸不著頭緒，又突然變得不那麼討喜了。

　　這些簡單的欣賞，也許會讓人開始想要信任他，

信任一下子之後，又讓人感到氣憤，因為稱讚他，以為他會是個含蓄的人，沒想到竟然沒有收斂，反而讓他因此變得神氣。

喜歡某一個部分的他，卻又沒辦法接受另外一部分的他，這會是一個困擾的喜歡。

今天中午吃飯了嗎？突然開始好奇，他現在不知道在做什麼，只要是沒見到他的時候，就會好奇着各種時間點，他在幹嘛。喜歡有時候真的是一件困擾的事，擾亂了自己的思緒，而這樣的思緒又不是叫他停止就能夠停止的，他好像隨時就會跑出來，然而，你跟他兩眼相視對話的時候，又會感覺得到心跳聲在加快，所以你會開始觀察，他是不是會對每一個人都一樣。

不知道每個人的一生會遇到幾個喜歡的人，這些可能會喜歡的人，他們也許就在你的生活中，只是你們一直都沒有相遇，可是你卻知道，在你們還沒認識之前，會常常經過他們家門口，或者是他上班的路上，跟你是同一條路，直到你們認識了彼此，你才發現你們的距離一直是那麼近的。

這樣的緣分，可能就是時間到了，那個人就會出

現了，而他的出現對你來說，是好是壞，沒人可以知道，也許他是來幫助你的或者不是，至少這一個過程都會是一個有趣的旅程。

姉姉

文：安塔 Anta

安塔 Anta

　　原來那時候已經離我這麼遠了，從來也不會發覺它的距離，究竟是怎麼變成這樣的，那僅僅只是在一瞬間又或者是突然之間，靜悄悄地，它就這樣離我們而去。如今，我們各自在不同的城市裡，我們偶爾還是會見面，一年之間裡，見面的次數不算多，更何況是睡在同一間房間的次數，幾乎是沒有了，這一年，好久不見，妳在我上面的身影，漸漸的越來越少。

　　每次回家，我跟我姊的床就是上下鋪，小時候也忘記為什麼，會是我睡下鋪，我姐睡上鋪了，也許是我不敢睡上鋪，我姊才讓我睡下鋪的嗎？或者是我家人覺得我年紀比較小，所以就睡下鋪，這些原因都已經不記得了，這件事變得遙遠，時間走到現在，我沒想過，我會回味那一段日子。

　　睡覺前我和我姊，總喜歡聊天，聊到吵到了隔壁房間的我爸，不耐煩地來告訴我們，要我們小聲一點，吵到他了。而我們到底都聊些什麼了，可惜我竟然有點忘記了，只記得總是聊到停不下來，那是一個智慧型手機還不普遍的時候。在一個智慧型手機還不普遍的時候，有兄弟姐妹的陪伴，可能會比沒有兄弟姐妹的人，來得不孤單一些吧！或者可以說，有個人會陪着你吵吵鬧鬧地生活下去。

　　今年過年，回家晚上睡覺時，我躺在下舖，看着上舖的木板，我姊就躺在床上，只是我們不再像小時候那樣嬉鬧，我爸也不必再來開門警告我們要小聲一點。這一次，我發覺我和我姊都很安靜的各自閉着眼，沒有任何的談話，可能不知道從幾年前開始，我們就是這樣了。

　　我們的生活圈漸漸地越來越不一樣了，造就我們認識的人和事也越來越不一樣了，當然興趣以及喜愛的東西，或者遇到的事，我們彼此再也不會第一時間通知對方，那是因為，我們已經不再像小時候那樣，那麼緊密地在對方身邊，而且我們現在各自都有男朋友了。我想，未來，我們也許也不會再像小時候那樣，因為在那個年紀裡，永遠有屬於那個年紀的記憶，無法抹滅的事實，而這一件事情是如此的美麗。

　　我躺在床上的時候，想到小時候的我們，距離現在差不多有十年的時間了。未來，還有二十年、三十年……，迎接我們的時光，是不斷在增加的，小時候的記憶還在，只是我知道，我們因為時間的堆積，其實我們的話題也變得越來越不一樣了，不管小時候聊的是什麼，如今，我們偶爾還是能夠聊聊彼此，聊聊生活，談談未來，或是笑笑以前。

釣魚

文：安塔 Anta

安塔Anta

　　一個禮拜的年假，就在此時，都要結束了，也許很多人在今夜，都想一直睡，一直不要醒過來。前幾天，大年初三，他已經好久沒有去釣魚了，他跟他剛好聊到釣魚這件事，我不在客廳，聽到他們聊得起勁，那是非常雀躍的聲音。

　　一個近乎十年沒做的事，當他聽見時，依然如此令人興奮，這是從他的口中聽出來的，他怎麼會不想做這件事呢？如果可以，我想，他一定會一直去做的。然而，不管當天天氣是怎麼樣的，他早早就起床了，醒來的時候，沒有下雨，就代表可以出門，剛起床的他，滔滔不絕地說，去哪裡好還是去哪裡好，然後要先去哪邊買什麼誘餌。

　　如此有活力的他，就像個小孩似的，儘管他今年已經六十歲了。對於年輕時時常做的事，忽然自己十年間不曾再觸碰的事物，再一次讓他拿起魚竿，是曾經的熟悉感，面對當時的他，只有他自己最清楚，他一定會有很多回憶不停地湧上，呈現在我面前的，是那不曾間斷的笑容。

　　當天沒有那麼順利的，聽他的訴說，我們認為一定會有所收穫，甚至是怕收穫太多回家，因為他說，

哪邊哪邊是個好地方，就怕你停不下來綁誘餌。抵達的第一站風景不錯，只是眼看幾個小時過去，來回幾次的魚竿上誘餌不見了，卻沒見到有任何一條魚上鉤。

換了另一個地方，那場雨，幾乎快看不見他的身影了，他的背影，我想我會記得一輩子。回家後，我告訴我媽，老爸今天有多帥，認識我爸到現在最帥的一次。

我們準備在橋上釣魚，當第一支魚竿拋下沒多久，雨就無情的打在了我們身上，離車子的地方遠，我爸把他的包包與唯一一件雨衣給了我，獨自淋着雨，走去遙遠的地方牽車。

我和他站在橋上，眼前的視野漸漸模糊，我背對着風，他站在我身後，我看着地上釣魚的用具，又轉頭看看離我們越來越遠的他，一直到看不見為止，獨自淋着雨的他，他無所畏懼，他只管一直往前走，他其實一直都是這樣的，在我們面前，他只能無所畏懼，他似乎為了我們總在任何時刻，都是獨自一人挺身而出。

那場雨一直沒停，直到我爸他開着他的貨車上來了，他漸漸靠近我們，我不想看見他身上的衣服是否

濕了多少，一下車，他只說了這麼一句，而他總是用台語說「你們先上車。」他又獨自將地上的釣魚用具收到車上，然後他依然淋着雨。

失眠

文：安塔 Anta

安塔 Anta

　　糟糕，我竟然還會想到他的模樣，而他到底哪裡吸引人，我當然是找不到答案的，我迷失了自己的步調，快忘記自己平時的樣子，我開始變得不正常，變得一點也不像平常的我。

　　多麼想這一個冬天不要結束，只是為了在這個季節的這個溫度下記得你，因為我也會害怕，是不是這個季節結束了，我們就沒有理由再相見了。然而，在這個氣溫之下，可以與你待在一起，可以在看不見你時，想著你，是一件多麼美好的事，我想你是不會知道的。

　　什麼時候發現自己不正常的心跳，原來是連我自己也沒有發現，突然間，我才知道在我們獨處時，我連呼吸的頻率都那麼不尋常，這些都足以證明今天的晚上，為什麼我還不肯入睡，為什麼我房間裡的燈還亮着。

　　無論燈是否是亮着，今夜我翻來覆去的模樣，連我自己都不敢相信，我想的是你那些簡單的話語，是否藏着其他意思，我在尋找，我試着解讀，還是沒能夠猜得出。今夜的我依然翻來覆去，依然沒找到我想知道的答案。

　　失去這一個睡眠的日子，就算我想轉身視而不見，卻早已記得你的樣子，如此清晰，就如小時候吃到糖果的時候，那種酸酸甜甜在嘴裡滾動的糖。

　　我記得糖果的顏色，就像我記得你穿什麼衣服的顏色，我記得糖果的甜度，就像我記得你對我笑的表情，我記得糖果的酸度，就像我記得你跟其他女生說話的模樣。如果說為什麼小時候會喜歡吃糖果，可能就像長大之後，面對那些會讓自己心情好的人一樣，那些會讓我們感到開心的人，也許彼此的存在，都是對方的糖果，但也有可能不是。

　　太久沒有看過自己這種狀態，連自己也感到疑惑，我就這麼靜靜的躺着，什麼也不做，只是腦袋卻不停地運作，每一幕的場景，都是你，腦海裡不停放映着你那挑動的眉眼，你那專注的神情，每當靠近你一點，我都感到難以呼吸。

　　冬天已經過去了，不過我的思緒還停留在冬天，氣溫二十六度，溫度是變了，想念你的思緒卻沒變，誰知道剛見到你時，對你一點感覺也沒有，直到看見有人稱讚你，我還是不覺得你哪裡特別，開始漸漸有強烈心跳的時候，才真正注意到你的特別，尤其是你

那長長的睫毛，從側面看，才知道你是如此迷人。

老去的自己

文：安塔 Anta

　　真的，我感覺他完全不能接受老去的自己，他的眼神裡，是羨慕的神情，是渴望時間能倒退的神情，可是我多想告訴他，即使他已經知道這件事實了，我們的內心始終是抗拒，儘管我們有多想接受。

　　我忘了，從什麼時候開始會與自己年紀差距之遠的長輩交談了。回想起之前，並不是會想了解我爸媽他們那個年齡層的故事，只是覺得，我們一定不會是同一個世界的人，而既然我們肯定走不進彼此的世界，當然就會選擇對他們的緊閉心房，那樣子，好像是在說，反正我們從小到大的生活環境本來就不同，而往往這樣也會讓我們對彼此有所隔閡。

　　他覺得自己不再像年輕時那般有活力，他也會害怕照鏡子，看見自己老去的模樣，那天他對我們說，早上他出門前照鏡子，被自己頭後面的一片白髮嚇了一跳，他看起來如此厭惡他頭上那些白髮，更痛恨的是他前幾天去剪頭髮時，他說，那位剪頭髮的人，竟然把他頭上兩側的頭髮剪得那麼多，那他豈不是更老了嗎。

　　我想着，其實無論外表的自己變得如何，最終身份證上的年齡一直都會是一件事實，雖然我知道他是

想要開開玩笑的，還是能夠讓人感受得到，他無法真正的開玩笑，因為他的心沒有真正的接受他現在這個年紀的自己。

如果我老了，會是什麼心情呢？我看着他，在我眼前的這位長輩，他似乎在提醒着我，當我們到了七八十歲的年紀，我們會怎麼樣看待自己，怎麼樣再去愛上自己，愛上那個不再年輕的自己，怎麼樣在這樣的年紀裡，依然讓自己擁有魅力。

這位長輩他現在什麼都不缺，他告訴我們，他現在有足夠的錢，能讓自己一直活到生命結束，他平時也會自己下廚做飯，或者是自己搭車到外面旅遊，這對我們來說，很奢侈，只是從來聽他講話，沒有感受到他擁有幸福或是開心，這真是一件奇怪的事，人生最終目標，不就該像是這樣的嗎？可是他卻不快樂，就像我們可以吃到山珍海味，卻不覺得美味，這種感覺真的滿糟的。

人生的最後，最終的自我滿足，自我肯定，看來真是一件不容易的事，我們總覺得自己有所缺陷，欠缺的是別人有的，自己沒有的，然而在這樣的情節裡，不斷重複上演的總是不滿足自己，真正要接受自己的

樣子，看來是一件不簡單的事。

悶

文：安塔 Anta

安塔Anta

「預計三月底吧！」

「好啊！妳要來的時候再跟我說。」

　　一路搭車往北的心情，有點怪，可能是我不自覺會想到他，我想要短暫的離開現在這座城市，這樣我可能會更自在些。搭上客運，眼看車上感覺幾乎是大學生，出社會沒多久的時間，路上不管是看見誰，我很清楚，都看不見我公司那種大叔的存在。

　　這種大叔平常在路上可能很難看見他們有什麼魅力，當他們在工作上認真的樣子，還有身上那身整齊平整的襯衫，隨著他們沉穩低沉的聲線，那般看上去，似乎年紀很大，卻又不能說老的樣子。

　　有時候以為離開了他不在的地方之後，可以暫時忘掉他，沒想到卻變成在另外一座城市裡想念他。然後，本來在原本的地方對他很生氣很生氣，很討厭很討厭，真的到了一個陌生的地方，他不在，卻想要看見他，然後，對他，竟然沒有那麼生氣了。

　　這樣的天氣不知道算不算好，至少還沒有下雨，我想這算是一個好天氣吧，走出門口，悶悶的，台北的風吹起來悶悶的，車站內的人很多，只是很安靜，就像閉上眼睛，你不會覺得這裡的人有眼前看見的這

麼多。

　　我跟她講起這一件事，心中的秘密好像被發現了，不過一點關係也沒有，這是我暫時離開的目的，當我把它說給一個局外人聽的時候，就像是一點也沒做錯事一樣，一點也不會讓任何人感到奇怪，這一次的旅行，我帶着心中的秘密到處去，不必小心翼翼地擔心被誰發現，反正這裡的人都不是當事人，又怎麼需要隱藏呢。

　　我已經盡量加快腳步，沒想到我收傘的速度還是太慢了，這裡的司機是很無情的，他們也不會知道我的速度有多慢，所以我手上的傘連收都還沒收好，公車已經開走了，然而我的傘完全被夾住，我想司機或是車上的人儘管就笑我吧，我往車內一看，每個人的反應就像沒看見我有多愚蠢，他們就當作自己不知道有這件事一樣，或者是説只有我自己感到愚蠢，此時我看見我愚蠢的是，我也是會害怕這個秘密被你知道了。

　　「這樣算好了，之前還有車門一關上，有一位奶奶就跌倒了。」她淡淡地説，而我也是幾次就要摔倒了。這公車晃動得真的很厲害，我也在想，也許能夠把我心中的秘密甩到車窗外，這樣我的腳步會不會更

輕盈些。

　　當天晚上我們在 101 面前，瞬間變得很狼狽，突然的大雨與怪風，讓我們只能蹲在地上，因為不管怎麼撐傘，似乎一下子就會淋濕了。如此不穩定的天氣，我只能說這真像是他，讓人捉摸不定。

模糊

文：安塔 Anta

安塔 Anta

　　這是夢嗎？我發現我做了一個奇怪的夢，然後，我就醒了。

　　雨天，還是雨天，我醒來的時間又不對了，明明我設的鬧鐘是比現在早兩個小時的，是這個雨季讓我忘了我現在是在哪裡，所有的一切都快被雨覆蓋了，而我們僅僅是躺在了雨的懷抱裡，那種冰冰冷冷的溫度，彷彿雨水是多麼的無情，這便是沒有人知道的。

　　它也許多麼想要自己熱情地擁抱世界。

　　有時候當我又聽到這樣的雨聲，就會讓我誤會，誤會我們是不是還在那個時候，這樣的聲音，似乎太過於熟悉，你還會想念嗎？我幾乎快忘了你看見雨的表情。

　　然而，每次一下雨，我就會不自覺地走到窗戶邊，我看着雨，聽着它們在對話，就像在看一場戲一樣。

　　它們現在是輕聲地在交談着，而剛剛我覺得它們就像在吵架似的，轟轟作響，沒有誰想讓誰，連雨也是喜歡爭奪勝利的，就像曾經的我們一樣。

　　究竟是誰贏了都不重要了，沒有人想知道，這場雨，它們不停地嬉鬧，它們無所謂，無需找到勝敗。在當下好好享受這過程不是很好嗎？有好多事，是我們掌握不住的，那也是留不住的，就算想要抓緊，最後發現還是要放掉，從頭到尾，我們緊緊地抓住，還是要放掉的。

　　無論多久，這場雨還是會終止，它們逗留了幾天幾夜，還是會離開，我們陪伴在彼此身邊，那幾天幾夜，可能比雨還要再多一些，那又如何，我們現在還是不在對方的身邊。清空了所有的一切，如此令人意外，可還是得面對得接受，這樣的事實，今天這場雨，它們的嬉鬧聲，是不是也像在嘲笑着我們呢？

　　它們嘲笑着我們，是不是從頭到尾都如此不懂得珍惜，或者是在說，總是要到離開或結束，人類才開始知道要後悔，要回去尋找以前的時刻，只是要從哪些地方開始找呢？人類往往是一頭霧水的，雨雖然會擋住眼睛視線，可它們一點一滴的樣子，卻是清清楚楚的，只是人類看不清楚而已。

　　怎麼像雨一樣清晰？我們看它們那一點一滴是那麼模糊，快速地掉到地上，一下就模糊了，可是仔細

想想，它們竟然還會有方向，它們還是知道到了地上之後，要流去的方向。而我們之間的方向，從來也不曾有過，我們就連降落的棲息地都找不到了，又怎麼會有呢？

報社

文：安塔 Anta

安塔 Anta

「我真的覺得我找到適合我的工作了。」她說。

過了半年的時間，我們儘可能會讓自已有些不一樣的。然而，在這些日子裡，我們只是在找一個屬於自己的位置，然後希望可以好好的待着，甚至是一直一直待着，但是前提是要開心地待着。

「在報社工作會很忙嗎？」我說。

「會啊！早上都超忙的，一直要趕稿，幾乎都沒有什麼時間休息。」她說。

「如果這個工作可以一直做下去，我會想一直待着欸，覺得滿穩定的，不過工作要做個一二十年，想到就覺得很困難。」她說。

對我們來說，工作一二十年的感覺，會是怎麼樣的感覺呢？這還是一個很遙遠的事，也許在現在的時空裡，我們還沒找到那真正想靠岸的港灣。如此一來，四處遊走的同時，又讓我們看見了更多的不將就於生活的人，有生命的人，他們如此驕傲地活着，在這個世界的一角，彷彿再也沒有人可以破壞他們的節奏。

「那你們那麼忙，平時會有時間聊天嗎？」我說。

「完全沒什麼時間聊天，我們辦公室都超安靜的，

基本上大家都很忙，所以也沒什麼在聊天。」她說。

「這樣有空閒時間可以休息嗎？」我說。

「沒有欸，所以我的肩膀都會滿酸的。」她說。

　　她，是一個容易讓自己緊張的人，這是我本來就知道的事，她的緊張大多是來自於自已希望趕快把事情完成的個性，那種做什麼都很快的樣子，或是講話很快的樣子，就會讓人想到她。我想到在那麼忙碌的工作環境下，連她都覺得沒有時間可以休息了，更何況是其他人呢？在報社工作，我想最該練習的就是速度了吧。

　　還記得第一次見到這個人時，就覺得她講話的時候，為什麼速度會那麼快呢，雖然說她講話速度快，不過也不會讓人聽不清楚，這個聲音裡面，聽得出來，有着獨立的個性，再加上她的外表很高，幾乎比一般女生高很多，顯得更讓人感覺到一股成熟的氛圍，那時候是這樣想的。

　　現在已經不是這麼一回事了，認識一個人的第一印象，跟認識之後怎麼通常都是不同的呢。之後認識的她，她告訴我，她是一個需要被照顧的人，是一個希望有人可以照顧她的人，她是一個生活白痴。完全

跟我對她的第一印象恰恰相反，而且她還是個希望有個人可以讓她撒嬌的人。跟她聊完，才知道當一個人找到自己舒適的地方後，要在去做其他改變，也許也是不容易的呢。

豬軟骨

文：安塔 Anta

　　夏日，天氣悶熱，這種天氣沒有了冷氣，我想還是可以生存的吧？也許全世界的人都不要開冷氣，會少一點釋放熱源。天氣熱，還是要來吃個豬軟骨，緩和一下心情，那天，那個豬軟骨一直吸引我到現在，我還離不開它。

　　在他那邊又多了兩位我沒見過的人，其實還有兩位妹妹，只是後來他們離開了，留下的只剩坐在位置上的三位，看起來是與我年紀較相仿的。每次看着他與客人互動的神情，都是半開玩笑地聊著，餐桌上伴隨着笑鬧聲是常有的事，這位先生應該怎麼稱呼他呢？他是一間餐館的老闆，他賣着一塊豬軟骨就此吸引我，確實我很喜歡吃他的豬軟骨。

　　然而，在他這裡當然還有賣其他餐點，但他告訴我們，只有豬軟骨是他的招牌。我並不知道大家是因為好吃才聚在一起，還是到這裡來找一個出口。他們聊着工作時發生的總總無奈，那些在上班不能向公司說出口的事，似乎能常常在這裡聽見。

　　我到這裡幾次，我發現會來這裡的人，大部分都是自己一個人的，也可以這麼說，單身，大部分都是單身的，他這裡聚集的年齡層很廣，下到國中生，上到五十幾歲的人，我在想，這些人的生活肯定都很不

一樣，無論是在家裡扮演的角色或者是已經出社會工作還有學生，他們會遇到的人和事，會面臨到的問題都是很不一樣的，有趣的是，這位老闆就像照單全收，他不僅僅提供了一份午餐、晚餐，他甚至當了這裡每個人的出口。

他巧妙地走進了每個人的世界，探究他們的生活，他幽默地和客人談話，是他的特色。對於一個陌生人來說，誰會敞開心扉把自己的事告訴別人，而且還可能是自己尚未解決的煩惱，經過幾次觀察，在這裡反而能讓人大膽地談論自己的心裡話，自己其實討厭公司的誰誰誰，很多不知道對誰透露的事，來這裡的人都找到了出口，那是他帶給大家的，反正也是沒有利益衝突的，而他，也從不曾以批評或怪異的眼光去看待他人，正好是大家需要的角落。

那間餐館，前面與右邊連起來的位置，可以讓客人坐着，坐位的角度是面向老闆的，他就在客人的前面忙東忙西，坐位的前方有紅磚圍起來，大約只能夠看見老闆的頭，巧妙地看不見備餐，而在老闆備餐或是客人用餐時，聊天聲就不曾間斷，靜靜地吃着看着他與客人互動，會令人感受到一股療癒感，豬軟骨吃起來也變得很不一樣了。

國家圖書館出版品預行編目資料

人生的詩篇／語雨、汶莎、葉櫻、安塔 Anta　合著—初版—
臺中市：天空數位圖書　2022.08
面：14.8*21 公分
ISBN：978-626-7161-11-1（平裝）

863.55

111013444

書　　　名：人生的詩篇
發　行　人：蔡輝振
出　版　者：天空數位圖書有限公司
作　　　者：語雨、汶莎、葉櫻、安塔 Anta
編　　　審：品燁有限公司
製 作 公 司：朝霞有限公司
美 工 設 計：設計組
版 面 編 輯：採編組
出 版 日 期：2022 年 8 月（初版）
銀 行 名 稱：合作金庫銀行南台中分行
銀 行 帳 戶：天空數位圖書有限公司
銀 行 帳 號：006—1070717811498
郵 政 帳 戶：天空數位圖書有限公司
劃 撥 帳 號：22670142
定　　　價：新台幣 360 元整
電子書發明專利第　Ｉ　306564　號

服務項目：個人著作、學位論文、學報期刊等出版印刷及DVD製作
影片拍攝、網站建置與代管、系統資料庫設計、個人企業形象包裝與行銷
影音教學與技能檢定系統建置、多媒體設計、電子書製作及客製化等
TEL　：(04)22623893　　　　MOB：0900602919
FAX　：(04)22623863
E-mail：familysky@familysky.com.tw
Https：//www.familysky.com.tw/
地　　址：台中市南區忠明南路 787 號 30 樓國王大樓
No.787-30, Zhongming S. Rd., South District, Taichung City 402, Taiwan (R.O.C.)